新潮文庫

文豪ナビ 太宰 治

新潮文庫編

新潮社版

7550

PEZ
CANDY ORANGE
BONBONS ORANGE
PEZ

ああ、
なぜ僕はすべてに断定をいそぐのだ。
すべての思念にまとまりをつけなければ
生きて行けない、
そんなけちな根性を
いったい誰から教わった？

——「道化の華」（「晩年」より）

こんなとき読みたい太宰 1

何で、ここにいるんだろう？
何で、こんなことしてるんだろう？
何で、生きてるんだろう？

よかれと思ってやったことが裏目に出たり。
小さなことにこだわって、
大事な人を傷つけてしまったり。
思っていることが相手に伝わらず、誤解されたり。
生きていると、落ち込む穴もいっぱいあるものです。
自分はダメなやつだ。
自分はきっと幸福になれないだろう。
そんなとき『晩年』を開くと
「あああ、これは私のことだ」

自殺を考えたこと、ありますか。
自分がちっぽけな人間に思えたこと、ないですか。
人生は思いどおりになりっこない、と思っていませんか。

そんなあなたに読んでほしい。

『晩年』

自分の好きなダザイを発見できる、処女作品集

『晩年』早わかり ➡ P29
エッセイ（重松清） ➡ P72・75
声に出して読む ➡ P80
作品の詳しい説明 ➡ P136

等身大のあなたに出会えるかもしれません。

若き日の第一創作集を〝晩年〟と題した
太宰のエスプリを噛みしめながら、彼の故郷の歴史と風土をハイビジョンで観る。

CHICKEN

おやすみなさい。
私は、王子さまのいないシンデレラ姫。
あたし、東京の、どこにいるか、
ごぞんじですか?
もう、ふたたびお目にかかりません。

——『女生徒』

こんなとき読みたい太宰②

今どきのオンナノコ、だとかなんか、いっしょくたにされるとすっごいムカツクんだけど。

年をとるのは鈍くなること、汚れていくこと。
そんなふうに思えてしまう時代があります。
ある瞬間、
自分が特別な存在だと感じる。
昨日まで大好きだったことやものが、
ふれるのも考えるのもおぞましくなる。
もてあますほどにいらだち、
透き徹《とお》り、揺れ動く、複雑で不安定な心理を、
『女生徒』は

カッコイイ同性にあこがれたこと、ありますか。
他人と同じことするのはイヤと思うこと、ないですか。
メンドクサイことは明日考えよう、のほうですか。

そんなあなたに読んでほしい。

『女生徒』

ダザイは女子高生にだってなれてしまう!

『女生徒』早わかり ➡ P24
エッセイ（重松清）➡ P71·75
声に出して読む ➡ P84
作品の詳しい説明 ➡ P141

あざやかに切り取って見せてくれます。

『女生徒』は新潮文庫『走れメロス』に収録。
劇場アニメにもなった『走れメロス』は、思う存分泣ける名作中の名作。

人に好かれる事は知っていても、
人を愛する能力に於《お》いては
欠けているところがあるようでした。
（もっとも、自分は、
世の中の人間にだって、
果して、「愛」の能力があるのかどうか、
たいへん疑問に思っています）

——『人間失格』

こんなとき読みたい太宰 ③

職業に貴賤はないが
生き方に貴賤は、ある。
そう、信じられますか？

不満があるから、進歩がある、
といったのは誰だ。
失敗してこそ、成功につながる、
といったのは誰だ。
愛されたければ、まず愛さなきゃ、
といったのは誰だ。
期待するから、失望するのさ。夢を見るから、
破られるのさ。信じるから、裏切られるのさ。
『人間失格』を読んでみたらいい。
それでも人を信じて生きる方がマシだ、

信じていた人に裏切られたこと、ありますか。
自分をメチャメチャ傷つけたいと思ったこと、ないですか。
群れにいるより孤独でいた方がいい、ですか。

そんなあなたに読んでほしい。

『人間失格』

「罪」の反対語は何？ ダザイ最高の問題作

- 『人間失格』早わかり ➡ P22
- 10分で作品を読む ➡ P57
- エッセイ（重松清）➡ P71
- 声に出して読む ➡ P96
- エッセイ（田口ランディ）➡ P107
- 作品の詳しい説明 ➡ P147

とつくづく思うよ。

太宰の生家の名にちなんだ吟醸酒を飲む。作品のコクもいや増すというもの。

文豪ナビ 太宰治

目次

イラスト●野村俊夫　写真●広瀬達郎　編集協力●北川潤之介

本書は書下ろしです。データは刊行時のものです。

【関連ホームページ】
青森県文化観光情報　http://apti.net.pref.aomori.jp/
青森県近代文学館　http://www.plib.net.pref.aomori.jp/museum/index.html
青森県金木町　http://www.kanagi.jp/
金木町観光物産館マディニー　http://www.jongara-net.or.jp/~madeny/

【参考文献】
『新潮日本文学アルバム19　太宰治』（新潮社）、『アルペンガイド12　富士・箱根・御坂』（山と渓谷社）

5ページ写真
右／新潮文庫『晩年』（「葉」「思い出」「道化の華」など15編を収録。自殺を前提に遺書のつもりで書き綴った処女創作集）
左／DVD『大人の旅物語――津軽の旅・津軽三味線と太宰治』／ハイビジョン映像／50分／発売元・小学館

9ページ写真
右／ビデオ『走れメロス』（1992年東映アニメ作品／1時間48分／販売元・バンダイビジュアル）
左／新潮文庫『走れメロス』（表題作の他に「女生徒」「ダス・ゲマイネ」「富嶽百景」「駈込み訴え」等を収録）

13ページ写真
右／青森県尾崎酒造の吟醸酒「斜陽館」。やや辛口。金木町観光物産館「マディニー」で販売中。
左／新潮文庫『人間失格』

超早わかり！ 太宰作品ナビ

太宰 治 おすすめコース

口切りは短編集「ヴィヨンの妻」。カンを働かせて美味しそうな話から読むのが、楽しむコツだよ。おすすめは「トカトントン」。

ヴィヨンの妻

人間失格

斜陽

一気に最高の問題作「人間失格」へ。27歳の男の「自分語り」の魔力にあなたも取りつかれちゃうかも。「斜陽」は一転してダザイが29歳の女性主人公に変身して書いたベストセラー。

「晩年」というじじむさいタイトルだけど実は記念すべき処女作品集。どんな読者でも必ず一つは自分の好きなダザイ作品が発見できてしまう、才能のデパートのような小説集です。

走れメロス ＜ **右大臣実朝** ＜ **晩年** ＜ **グッド・バイ**

「右大臣実朝」は、『惜別』という作品集に入ってるよ！

話がわかっていても読むたび泣けてしまう名作、それが「走れメロス」。ダザイがなんと女子高生に変身して書いた「女生徒」も、同じ短編集に収録されていま〜す。

ダザイの心中で未完に終った遺作が「グッド・バイ」。なんとも意味深なタイトルに乾杯だ！

あなたにピッタリの太宰作品は？

タイトルは有名だけど本当に面白いの？　どんなタイプの話かわかれば読む気になるんだけど……。「超早わかり！ 太宰作品ナビ」なら、あなたにピッタリの太宰が見つかります。

呑んで呑まれて酔いしれて今宵も太宰でしたたかに酩酊《めいてい》しよう

わかっちゃいるけど止《や》められない――。その昔、酒呑みの心境をみごとに言い当てた歌※があった。そう、太宰にはどこか酒と似たところがある。不思議な魔力で若者の心を酔わせ、虜《とりこ》にしてしまう。作品を読むごとに、太宰が人生の同志のように思えてくるのだ。時には悪酔いすることだってあるが、まずはグーッと呑み干してみようじゃないか。

※「スーダラ節」。ハナ肇《はじめ》とクレイジーキャッツの大ヒット曲。作詞は青島幸男・前東京都知事である。

『ヴィヨンの妻』で まずは一献、また一献

手始めに、短編集『ヴィヨンの妻』※※で口切《くちき》りといこう。短編集って、幾種類ものお酒を、利《き》き酒みたいに少しずつ飲み比べられるよさがあるよね。上手にカンを働かせて、美味《おい》しそうな話から口をつけたらいい。

おすすめは『トカトントン』。風変わりなタイトルのついたこの作品は、「拝啓」で始まる手紙スタイルで仕立てられている。中身は、モロ自分の体験の痛切な告白。これぞ、太宰の「肉声主義」と呼んでおこう。

人生が良くなりそうな大切な時に、自分の耳もとで「トカトントン」というふざけた音がし、シラケてしまって幸福になれない、という「私」。あなたにも似たようなことはない？　たとえば入試の時に、ふと演歌のメロディーがくり返し頭の中で鳴り続けてた、とか、デートの最中に、これは言っちゃいけないという言葉が浮かんで離れなかった、とか。そう、読者を奇妙に共感させてしまうのが、太宰のやり口なのです。

一方『父』『家庭の幸福』では、人間の求める宝物や幸福は「家庭生活」の中にはない、などというミもフタもないことを言ってるぞ。それでもなぜか心に引っかかってくる。彼の小説の中から押し寄せてくる、読者一人一人の耳もとに直接語りか

※八編が収録されており、いずれも戦後まもなく書かれた作品だ。表題作は飲み屋の借金を踏み倒した亭主の代わりに妻がそこで働き、金を返す話。最後にドンデン返しがある。晩年の傑作。

『トカトントン』

♡ エッセイ（重松清）➡ P71

けてくるような「魅力的な声」や「衝撃的な音」をしっかり感じてほしい。

『人間失格』で
イッキ、イッキ、イッキ

つづいて太宰の残した最高の問題作、『人間失格』※を一気にあおってみよう。この作品の魔力に取り憑《つ》かれて「ダザイ病」にかかる若者は昔から多いのだ。「はしかのようなものだ」と言う、口の悪い人もいるくらい。

作中に、幸福も不幸も感じない、つまり人間以下の存在となった二十七歳の主人公「自分」とその悪友とが、〈罪〉という言葉の反対語は何かを論じ合う名場面がある。このネタで、昔の大学生は青臭いけれども大まじめな人生論をぶって、友だちと大げんかをしたものです。さて、あなたは〈罪〉の反対語は、何だと思いますか？

※最近の太宰関連の映画化では、猪瀬直樹原作の『ピカレスク―人間失格』がある。河村隆一が太宰に扮し、心中や自殺未遂を重ねる彼の苦悩を演じ、好評だった。

『人間失格』

10分で作品を読む ➡ P57
エッセイ（重松清） ➡ P71
エッセイ（田口ランディ） ➡ P107
声に出して読む ➡ P96
作品の詳しい説明 ➡ P147

　この作品では、手記を書いた「自分」の一人語りと、その手記を最初に読まされる「私」の一人称の文章が、立て続けに読者の耳にぶつかってくる。あたかもほんとうにあった出来事のように。音の魔術、とでも言いあらわそうか。フィクションを真実だと思わせるだけの話術を、ダザイは開発し完成させたのだ。※

　音、といえば、この人の名前「太宰治」も、漢字の見た目よりも、「ダザイオサム」という発音の方になぜか魅力を感じる。ここからは「ダザイ」と親しく呼ぶことにしよう。

女心を書き綴《つづ》った『斜陽』で
ホロ酔いかげん

　日記、手紙、遺書。ベストセラーとなった『斜陽』にも、たくさんの「自分語り」が挿入されている。主人公は「かず子」

※太宰が手帳に走り書きした『人間失格』の創作メモの写真が残っている（一〇三ページ）。文字を一つ一つ読み取ってみると、その心情が伝わってきそうだ。

『斜陽』

10分で作品を読む ➡ P46
作品の詳しい説明 ➡ P144

という二十九歳の女性。いや、ちょっと待った。ダザイって、男だったはず。それが、未婚の母になる決心をした女性の心と言葉で書いているのだ！ どうやらダザイは、うら若い女性にも変身して、「私は」と裏声で会話することもできたようだ。女性（ホステス）の切ない気持ちを歌った「昔の名前で出ています」が、小林旭《あきら》というマッチョで高音の男性歌手によって歌い上げられてるのに似ているね。

このような変身は、ダザイの最も得意とするところ。中でも、ケッサクは『女生徒』（『走れメロス』に収録）。なんてったって三十のオッサンが、うら若い乙女の、素直だかひねくれているのだかわからない心理を、必死に書いているんだから。

まあ『源氏物語』だって、女性の紫式部が、光源氏という男性の恋愛心理を分析したものだから、作家の「変身願望」はいつの時代にもあるのでしょう。

『斜陽』は戦争前に裕福だった人々の戦後の没落を描いたもの

『女生徒』

♡ エッセイ（重松清）➡P71
声に出して読む ➡P84
作品の詳しい説明 ➡P141

だが、美しく滅びる姿への感動がそこはかとなく伝わってくる。テーマは重苦しいけど、軽い語り口で一気に最後まで読めてしまう。読み終えると、あかあかとした太陽がおだやかに沈んでゆく暖かさや輝きが、まぶたの裏側に残っていることだろう。「斜陽産業」というように、一般的には「暗い」「みじめ」という意味で使われることが多い「斜陽」という言葉だが、ダザイにとっては、いかにも日本的な、愛すべき美意識を表わしていたのではないだろうか。

『走れメロス』で、たまには泣き上戸になる

短編集『走れメロス』※も、面白そうな話から読むとよい。『女生徒』は既に紹介した。『駈込《かけこ》み訴え』にも、驚かされる。代官に、誰かさんが必死に訴えている。何でも、悪いヤツがいる

※この作品集には、太宰が苦悩から脱して復活するきっかけとなった『富嶽百景』が収められている。齋藤孝、田口ランディも大好きな作品という。一一三ページには舞台となった天下茶屋の探訪記を掲載した。

『駈込み訴え』

声に出して読む ➡ P94
作品の詳しい説明 ➡ P141

から、つかまえてほしいそうだ。約二十ページを、ほとんど改行もなく、一気にしゃべり散らしている男の名前は、ユダ！　つまり、この「一人称の告発」は、キリストを売る歴史的悪事の再現劇だったのだ。「はい、はい。申しおくれました。私の名は、商人のユダ。へっへ。イスカリオテのユダ」という最後の一文まで、殺人事件の犯人が犯罪を決意した動機を自白するミステリー小説を読むかのようなスリルがある。

　オススメは、何と言っても『走れメロス』。何度読み返しても、話がわかっていても、この底なしに人間の心の美しさを賛美した短編には泣※かされる。

　意外なことに、「※※メロスは激怒した」と、三人称の正攻法の文体で始まる。けれども、盛り上がってくるのは、「私は、今宵、殺される。殺される為に走るのだ」とか、「私は信頼されている」などの一人称の語りの部分から。いつの間にか、読者はメロスと一緒に走っている。そして、いつの間にか、泣いて

『走れメロス』

声に出して読む ➡ P89
作品の詳しい説明 ➡ P141

※ そういえば、読者を泣かせる名作の上位にランクされる『フランダースの犬』の作者も、アルコール中毒で、生活に問題のある人だったらしい。

※※ この有名な出だしは、NHK教育テレビの人気子

いる。

舌で味わい、喉《のど》ごしにもう一度味わえる『右大臣実朝《さねとも》』

ダザイは、自分の実際の人生を美しい物語に書き上げることに絶えず失敗しつづけた。薬物中毒になったり、酒癖や女癖が悪かったり、社会改革の理想を捨てたり、女性と心中事件を何度も繰り返したり。彼は、まったく出来のよくない人生を生きた。

ダザイとは違って、美しく見事に滅ぶことに成功した歴史上の人物に、源実朝がいる。『右大臣実朝』（『惜別』に収録）では、実朝の人生を詳しく知っている「私」が、実朝の人生を知りたがっている「あなた」に向かって、得意の「私、見たんです」「私、知っているんです」という一人称のナレーションを

『惜別』

作品の詳しい説明 ➡ P143

『右大臣実朝』

作品の詳しい説明 ➡ P144

供番組「にほんごであそぼ」でも取り上げられ、幼稚園児が大きな声で暗誦したりしている。

繰り広げる。

　作中でときおり、実朝（というよりダザイ）の言葉が紹介されるのだが、こんな名言にも出くわす。「アカルサハ、ホロビノ姿デアロウカ。人モ家モ、暗イウチハマダ滅亡セヌ」。

　常識の逆を、述べている。これを逆説とかアフォリズムと言う。ダザイには、『もの思う葦《あし》』※というアフォリズム集がある。ここでも名言を吐いているので、一読を勧めたい。

　滅びの美学を玉川心中で主張し、自分の愚かな人生を材料として「弱すぎる人間」の純粋な物語を書くことに成功したダザイは、アカルイ人だったのだろうか。それとも、クライ人だったのだろうか。色で言えば、ダザイに最もふさわしいのは、黒。でも、「黒い」と「暗い」は違う。ダザイの黒は、テカテカ光っている。アカルイ黒だ。黒光りのする黒だ※※。ダザイのアカルサは、ホロビノ姿そのものに思えてならない。

※作品集『もの思う葦』の中に収められている。『碧眼托鉢』もアフォリズム集で、この本に入っている。一例として「文章に善悪の区別、たしかにあり。面貌、姿態の如きものであろうか。宿命なり。いたしかたなし」など。

※※ちなみに、新潮文庫の太宰治の背表紙は、すべて黒色で統一されている。他の黒色背表紙の作家は、江戸川乱歩、北方謙三、髙村薫、スティーヴン・キングなど。何か共通点は見つかりますか?

フレッシュな短編『晩年』で、赤ら顔になってくる

『晩年』というくせに、この短編集、実はダザイの記念すべき青春期の処女作品集なのだ。この中の二作は創設されたばかりの芥川《あくたがわ》賞の候補作になったが、とうとう受賞できなかった。さぞかし、無念だっただろう。二〇〇四年、最年少で芥川賞を受賞した女性作家※が「ダザイを愛読している」と答えてくれて、ダザイの魂もきっと草葉の陰で喜んでいることだろう。

散文詩のように美しい『葉』、自分の人生を巧みに改作した『思い出』、幻想文学的な『魚服記』、歴史小説の『地球図』、動物ものの『猿ヶ島』、郷里津軽の方言を駆使した『雀こ』、小説家の舞台裏を示した『道化の華』、昔話風の『ロマネスク』など、テクニックのデパートのようだ。これだけの可能性と才能に、ダザイは恵まれていたのだ。

※綿矢りさ。二〇〇一年、十七歳にして処女作『インストール』で第三十八回文藝賞を最年少で受賞。作品は映画化された。第二作『蹴りたい背中』で第百三十回芥川賞を受賞した。この作品は百万部突破の大ヒット。韓国でも発売され初版三万部が三日で完売になった。

『晩年』

エッセイ（重松清）➡P72
声に出して読む➡P80
作品の詳しい説明➡P136

読者は、自分の好きなダザイ作品を、きっと『晩年』の中から発見できるだろう。それは、自分の中にしっかりと生きている「ダザイ的な自分」を意識する時である。『人間失格』だけしか読まない読者に、「あなたの中にもダザイが住んでいる！」と言ったら、ショックを受けることだろう。でも、『晩年』を読んだ後では、ほんとうに自分の中にはダザイ的な心の領域が実在することを否定できなくなるはず。そして、そのことは決して居心地の悪いことではないと気づくにちがいない。

この短編集の最後に置かれている「めくら草紙」は、タイトルが清少納言の名作『枕草子《まくらのそうし》』のパロディ。深刻なのに、遊んでいる。ダザイは、不思議な人だ。

『グッド・バイ』に足もととられて千鳥足

『グッド・バイ』

作品の詳しい説明 ➡ P147

短編集『グッド・バイ』※の表題作『グッド・バイ』は、ダザイの心中で未完に終わった遺作だ。一人称で「老若男女」の心を語ることができた、一人称の名人ダザイにして、三人称の手法を採用しているが、こいつがめっぽう面白い。新しいダザイへの脱皮が、もしかしたら進行中だったのかもしれない。もはや見ることはできないが。

ダザイは、自分の家庭※※や、周囲の人の家庭の平安を、次々と破壊してやまなかった。しまいには、自分の心すらも破壊した。彼は「壊す人」、すなわち、ザ・デストラクティブ・マン、ザ・デストロイヤーだった。ダザイは、ダザイらしい作風をも破壊しつづける永遠の冒険者だった。

「日本文学史」をも破壊しようと試みたのが、初期作品を集めた『二十世紀旗手』。若きダザイは、古い「日本文学史」を破壊し、新しい「二十世紀文学」を打ち立てる野望と自信があった。自分を元祖とする新しい「日本文学史」が始まることを、

※齋藤孝は、本書の「声に出して読みたい太宰治」の中で、この作品集に収められている『饗応夫人』と『眉山』を偏愛していると書いています。ぜひ、ご一読を。

※※太宰は昭和十九年、約三週間かけて、生まれ故郷の津軽を旅し、半島を一周した。幼年時代の乳母、たけにも再会している。小説『津軽』はその旅の様子をまとめたもので、太宰の本心を知る上で貴重な一冊だ。要約（三十六ページ）、旅コラムも合わせて参照されたい。

夢見ていたのだ。しかし、自信と裏腹の「不安」が、彼を薬物に走らせたのかもしれない。

　薬物中毒に苦しめられつつ書いたという『創生記』※は、まさにラリった文章の典型。ダザイの歪《ゆが》んだ青春の一面が見えてくる。

　ダザイの小説に衝撃を受けて、自分の人生や家族や幸福の意味を考え直そうとする読者は多い。ダザイさん、あなたは今でも「二十一世紀旗手」ですよ。

『きりぎりす』『パンドラの匣《はこ》』で
したたか酔いつぶれる

『きりぎりす』※※も、心に残る短編集。表題作『きりぎりす』は、崇高な絵を描いている画家だと世間で認められた夫が、毎朝「おいとこそうだよ」と歌っている安っぽい声に、妻はいたた

※ 冒頭から「太宰イツマデモ病人ノ感覚ダケニ興ジテ、高邁《コウマイ》ノ精神ワスレテハイナイカ……」とラリった文章で始まっている。

まれない。この「おいとこそうだよ」は、例の「トカトントン」という奇妙な音を思い出させる。

『姥捨《うばすて》』は、現代文壇のトップランナーの一人である川上弘美の『溺《おぼ》レる』の世界を、何十年も前に先取りしていたと言えるほど。『水仙』も、読者の心を波立たせる。

ダザイの小説は、読者の一人一人の心の中の本当の顔を映し出す「鏡」のようなもの。その顔が醜いので読者はたじろくが、そのうち「自分の醜さが、誰かの美しさを照らし出す引き立て役になれば、それでもいいや」と納得するようになる。本当は、自分の醜さが、自分の美しさを輝かせるものであってほしいのだけれども。

※『パンドラの匣』は、明るくて希望に満ちた青春小説集。『パンドラの匣』は、結核治療のために入院している少年が、親友に宛《あ》てた手紙形式。『正義と微笑』は、演劇を志す青年の日記。どちらも、一人称の語り口で、人生に悩む若者の心の鼓動を伝

※※ 昭和十二年から十七年までの中期の作品十四編が収められている。女性の一人称告白体で書かれた『燈籠』『千代女』など、多彩なスタイルに挑んだ太宰の意気込みが伝わってくる。

※ 『パンドラの匣』は熱心な太宰のファンだった木村庄助氏の闘病日記を下敷きにしている。『正義と微笑』は、弟子の堤重久氏の弟である康久氏の日記に触発されて書かれた。康久氏は前進座の若手俳優だった。

えている。

一冊読むごとに、文庫本のカバー袖《そで》に印刷されている顔写真を見つめてみよう。そうすると、すべて同じ写真なのに、ある時は気高く、ある時は卑屈に、ある時は明るく、ある時は絶望的に、ある時は古典的で端正に※、ある時は現代的でハチャメチャに、いろいろに見えてくるだろう。それが、太宰治という人の魅力である。そして、それがあなた自身の心の「鏡像」なのです。

『正義と微笑』

♡ エッセイ(重松清) ➡ P71

※七十八ページに、三鷹の踏切の前でたたずむ、カッコいい太宰の写真を載せたので、ぜひご覧下さい。マント姿にゲタ履き、実にキマっています。

木原武一

【きはら・ぶいち】

1941年東京都生れ。東京大学文学部卒。文筆家。著書に『大人のための偉人伝』『父親の研究』『要約 世界文学全集Ⅰ・Ⅱ』、翻訳書に『聖書の暗号』などがある。

10分で読む「要約」太宰治

『津軽』

昭和十九年の春、私は、生れてはじめて本州北端、津軽半島を凡《およ》そ三週間ほどかかって一周した。私は津軽に生れ、二十年間、津軽に於《お》いて育ちながら、金木《かなぎ》、五所川原《ごしょがわら》、青森、弘前《ひろさき》、浅虫《あさむし》、大鰐《おおわに》、それだけの町を見ただけで、その他の町村に就いては少しも知るところが無かったのである。

五月中旬の事である。十七時三十分上野発の急行列車に乗り、青森には、朝の八時に着いた。津軽半島の東海岸は、昔から外ヶ浜と呼ばれて船舶の往来の繁盛《はんじょう》だったところである。青森市からバスで二時間ちかくで、外ヶ浜の中央部にある蟹田《かにた》に到着する。蟹田について私が知っていたのは、蟹の名産地で、私の中学時代の唯一《ゆいいつ》の友人のN君がいるという事だけだった。私の好きなものは、蟹と酒である。

蟹田のN君の家では、赤い猫脚《ねこあし》の膳に蟹を小山のように積み上げて私を待ち受けてくれた。そして、すぐに燗酒《かんざけ》が出た。私に酒を教えたのはこのN君である。

私とN君は毎朝、誘い合って一緒に登校した。そうして、帰りには海岸伝いにぶらぶら歩いて、雨が降っても、あわてて走ったりなどはせず、全身濡《ぬ》れ鼠《ねずみ》になっても平気で、ゆっくり歩いた。二人とも東京に出てからも、ほとんど毎日のように逢《あ》って遊んだ。N君は何せ鷹揚《おうよう》な性質なので、私と同様、いつも人にだまされてばかりいたようである。けれども私は、人にだまされる度毎《たびごと》に少しずつ暗い卑屈な男になって行ったが、N君はそれと反対に、いくらだまされても、いよいよのんきに、明るい性質の男になって行くのである。N君は不思議な男だ、ひがまないのが感心だ。そのうちN君は、田舎の精米業を継がなければならなくなって帰郷し、二、三年前、町会議員に選ばれ、今では蟹田の町になくてはならぬ男の一人になっている。

その夜、N君の家にこの地方の若い顔役が遊びに来て一緒に飲んだ。私はかえって気障《きざ》なくらい努力して、純粋の津軽弁で話をした。都会人としての自分に不安を感じていた私は、こんどの旅に依《よ》って、津軽人としての私をつかもうと念願していた。津軽人とは、どんなものであったか、それを見極めたくて、私の生き方の手本とすべき純粋の津軽人を捜し当てたくて、旅に出たのだ。そうして随所にそれを発見した。

＊

翌日、N君の知り合いの数人と蟹田の山へ花見に行くことになった。青森湾を見渡しながら、桜花の下でN君の奥さんのお料理を食べ、ビールを飲んだ。それから蟹田町で一ばん大きいという旅館に案内され、配給の上等酒をふるまわれた。三つになる男の子を小説家にしたいという、病院の事務長をしているSさんに、ぜひとも自分の家に来てほしいと言われ、ついて行った。

Sさんは、お家にはいるなり、たてつづけに奥さんに用事を言いつけた。

「おい、東京のお客さんを連れて来たぞ。とうとう連れて来たぞ。これが、そのれいの太宰って人なんだ。挨拶《あいさつ》をせんかい。早く出て来て拝んだらよかろう。酒だ。いや、酒はもう飲んじゃったんだ。リンゴ酒を持って来い。なんだ、一升しか無いのか。少い！　もう二升買って来い。坊やを連れて来い。お客さんが逃げてしまうじゃないか。音楽、音楽。レコードをはじめろ。アンコーのフライを作れ。それから卵味噌《たまごみそ》のカヤキを差し上げろ。これは津軽で無ければ食えないものだ。卵味噌だ、卵味噌だ」

この疾風《しっぷう》怒濤《どとう》の如《ごと》き接待こそ、生粋の津軽人の愛情の表現なのである。友あり遠方より来た場合、どうしたらいいのかわからなくなってしまうのである。ただ胸がわくわくして意味も無く右往左往し、そうして電燈《でんとう》に頭をぶつけて電燈の笠《かさ》を割ったりなどした経験さえ私にはある。

＊＊

私とN君と小説好きの若いMさんは、配給のお酒をそれぞれの水筒につめてもらって、義経の伝説で名高い三厩《みんまや》をめざし、大陽気で出発した。しばらくして、魚売の小母さんに出遭った。曳《ひ》いているリヤカーには、さまざまのさかなが一ぱい積まれている。私は二尺くらいの鯛《たい》を見つけて、一円七十銭で買った。安いものだと思った。

「つまらんものを買ったねえ」とN君は、口をゆがめて私を軽蔑《けいべつ》した。「一円七十銭なんて、この辺では高い。実に君は下手な買い物をした」

「そうかねえ」私はしょげた。

三厩の宿に着いた時には、もう日が暮れかけていた。部屋から、すぐ海が見える。小雨が降りはじめて、海は白く凪《な》いでいる。

「わるくないね。鯛もあるし、海の雨を眺めながら、ゆっくり飲もう」私は、「これをこのまま塩焼きにして持って来て下さい」と女中さんに鯛を渡した。お酒はきょうはないそうで、持参の酒を飲むことにした。

鯛が出た。ところが、頭も尾も骨もなく、ただ鯛の切身の塩焼きが五片ばかり、何の風情も無く白茶けて皿に載っているのである。私は決して、たべものにこだわっているのではない。二尺の鯛を一尾の原形のままで焼いてもらって、それを大皿に載せて眺め、お酒を飲み、ゆたかな気分になりたかったのである。

「怒るなよ、おいしいぜ。さあ乾盃《かんぱい》、乾盃」と、人格円満のN君はそのやきざかなに箸《はし》をつけた。私は鯛の鬱憤《うっぷん》のせいか、ひどく酩酊《めいてい》して、あやうく乱に及びそうになったので、ひとりでさっさと寝てしまった。

＊＊＊

三厩から歩いて津軽半島の最北端の竜飛《たっぴ》まで行き、蟹田のN君の家に帰った。その翌々日、私はひとりで蟹田を発《た》ち、青森から奥羽《おうう》線で川部まで行き、五能線に乗りかえて五所川原へ、さらに津軽鉄道で津軽平野を北上し、私の生れた金木町に着いた時には、もう薄暗くなっていた。生家に着いて、まず仏間へ行き、仏壇の中の父母の写真をしばらく眺め、ていねいにお辞儀をした。それから、常居《じょい》という家族の居間にさがって、改めて嫂《あによめ》に挨拶した。兄の長女の婿《むこ》さんを中心に、長兄や次兄が二階で飲みはじめている様子である。

私はお婿さんや兄たちに挨拶して、ごぶさたのお詫《わ》びをした。長兄も次兄も、あ、と言って、ちょっと首肯《うなず》いたきりだった。わが家の流儀である。いや、津軽の流儀と言っていいかも知れない。お婿さんや兄たちは、さ、どうぞ、もうひとつ、いいえ、いけません、そちらさんこそ、どうぞ、などと上品にお互いゆずり合っている。外ヶ浜で荒っぽく飲んで来た私には、まるで竜宮か何か別天地のようで、兄たちと私の生活の雰囲気の差異に今更のごとく愕然《がくぜん》とし、緊張した。

　翌る日は雨であった。私は傘さして、雨の庭をひとりで眺めて歩いた。一木一草も変っていない感じであった。こうして、古い家をそのまま保持している兄の努力も並たいていではなかろうと察した。

　その次の日は、上天気だった。姪《めい》とそのお婿さんと私と、それからアヤ（じいや、というほどの意味）がみんなのお弁当を脊負って、四人で、金木町から一里ほどのなだらかな小山に遊びに行った。津軽の旅行は、五、六月に限る。津軽では、梅、桃、桜、林檎《りんご》、梨《なし》、すもも、一度にこの頃、花が咲くのである。空には雲雀《ひばり》がせわしく囀《さえず》っている。故郷の春の野路を歩くのも、二十年振りくらいであろうか。

　高さ二百メートル足らずの小山の頂上から見渡す津軽平野の風景には、うっとりしてしまった。津軽富士と呼ばれる岩木山と、細い銅線みたいに、キラキラ光って見える岩木川、その遠方に青くさっと引かれた爽《さわ》やかな一線は日本海である。

＊＊＊

　生家に三日滞在してから、私の父の生れた町、木造《きづくり》に向った。父は、私が十四の時、五十三歳で死んだ。父が死んでからは、私は長兄に対して父と同様のおっかなさを感じ、またそれゆえ安心して寄りかかっていて、父がいないから淋しいなどと思った事はいちども無かったが、父が、どんな家に生れて、どんな町に育ったか、一度見て置きたいと思っていた。

木造の町は、一本路の両側に家が立ち並んでいるだけだ。家々の背後には、見事に打返された水田が展開し、そのところどころにポプラの並木が立っている。ここから見た津軽富士も、金木から見た姿と少しも違わず、華奢《きやしや》で頗《すこぶ》る美人である。このように山容が美しく見えるところからは、お米と美人が産出するという伝説があるとか。

私は父の生家のM薬品問屋の前を行きつ戻りつした末、ごめん下さい、と店の奥のほうに声をかけた。Mさんが出て来て、やあ、ほう、これは、さあさあ、とたいへんな勢いで私には何も言わせず、引っぱり上げるように座敷へ上げて、床の間の前に無理矢理坐らせてしまった。ああ、これ、お酒、とお家の人たちに言いつけて、二、三分も経たぬうちに、もうお酒が出た。実に、素早かった。

「さあさ、飲みなさい。木造へ来て遠慮する事はない。よく来た。実に、よく来た」

この家の間取りは、金木の家の間取りとたいへん似ている。金木のいまの家は、私の父が自身の設計で大改築したものだと聞いているが、何の事は無い、父は金木へ来て自分の木造の生家と同じ間取りに作り直しただけの事なのだ。私はそんなつまらぬ一事を発見しただけでも、死んだ父の「人間」に触れたような気がした。

私は、心の中でMさんの仕合せを祈り、引きとめられるのを汗を流して辞去し、日本海に面した港町、深浦に向った。深浦の海辺を歩いていると、子供の事など、ふと思い、町の郵便局で葉書を一枚買って、東京の留守宅へ短いたよりを認《したた》めた。子供は百日咳《ひゃくにちぜき》で、その母は、二番目の子供を近く生むのである。

深浦に泊まった翌朝、宿の主人がお銚子《ちょうし》と小さいお皿を持って来て、「私はあなたの英治兄さんとは中学校の同期生でね、さあ、お酒を、めし上れ。この小皿のものは、鮑《あわび》のはらわたの塩辛ですが、酒の肴《さかな》にはいいものです」

こうして、津軽の端まで来ても、やっぱり兄たちの力の余波をこうむっている。結局、私の自力では何一つ出来ないのだと自覚して、珍味もひとしお腹綿にしみた。

＊＊＊＊

旅の最後の目的地は、私を母親代りに育ててくれた女中のたけのいる小泊《こどまり》である。津軽鉄道の終点の中里から一日に一本しかないバスにゆられて二時間、本州の西海岸の最北端の港、小泊港に着いたのはお昼少し前だった。

「越野たけ、という人を知りませんか」私はバスから降りて、その辺を歩いている人をつかまえ、すぐに聞いた。家はわかったが、留守だった。いったんはあきらめかけたが、娘の運動会に行っているたけをようやく探し当てる事が出来た。

「ここさお坐りになりせえ」と、たけはそれきり何も言わずに、きちんと正座してモンペの丸い膝《ひざ》に両手を置き、子供たちの走るのを熱心に見ている。私には何の不満もない。まるで、もう、安心してしまっている。平和とは、こんな気持の事を言うのであろうか。いま私のわきに坐っているたけは、私の幼い頃の思い出のたけと、少しも変っていない。たけが私の家へ奉公に来て、私をおぶったのは、私が三つで、たけが十四のときだったという。それから六年間ばかり私は、たけに育てられ教えられたのである。けれども、私の思い出の中のたけは、決してそんな、若い娘ではなく、いま眼の前に見るこのたけと寸分もちがわない老成した人であった。

「たばこも飲むのう。たけは、お前に本を読む事だば教えたけれども、たばこだの酒だのは、教えねきゃのう。竜神様の桜でも見に行くか」と、たけは言った。森の小路に八重桜が咲いている。たけは、にわかに、堰《せき》を切ったみたいに能弁になった。

「久し振りだなあ。はじめは、わからなかった。お前の顔を見て、あれ、と思ったら、それから、口がきけなくなった。運動会も何も見えなくなった。三十年ちかく、たけはお前に逢いたくて、逢えるかな、逢えないかな、とそればかり考えて暮していたのを、こんなにちゃんと大人になった、はるばるたずねて来てくれたかと思うと、ありがたいのだか、かなしいのだか、まあ、よく来てくれたなあ。手かずもかかったが、愛《め》ごくてのう、それがこんなおとなになって、みな夢のようだ。金木へも、たまに行ったが、金木のまちを歩きながら、もしやお前がその辺に遊んでいないかと、お前と同じ年頃の男の子供をひとりひとり見て歩いたものだ。よく来たなあ」と、一語、一語、言うたびに、手にしている桜の小枝の花を夢中で、むしり取っては捨てている。「子供は、幾人？　男？　女？」と矢継ぎ早に質問する。私はたけの、そのように強くて無遠慮な愛情のあらわし方に接して、ああ、私は、たけに似ているのだと思った。きょうだい中で、私ひとり、粗野で、がらっぱちのところがあるのは、この悲しい育ての親の影響だったという事に気附《きづ》いた。私は、この時はじめて、私の育ちの本質をはっきり知らされた。

【編者からひとこと】
この旅行記には松尾芭蕉《ばしょう》の「行脚掟《あんぎゃおきて》」（旅行心得）がいくつか引用されている。たとえば、「好みて酒を飲むべからず。饗応《きょうおう》により固辞しがたくとも微醺《びくん》にして止《や》むべし。乱に及ばずの禁あり」「他の短を挙げて、己《おの》が長を顕《あらわ》すことなかれ。人を譏《そし》りておのれに誇るは甚《はなは》だいやし」。どちらも守れなかった掟である。ただし、毎日酒は欠かさなかったが、幸い、乱には及ばなかったようだ。

『斜陽』

弟の直治《なおじ》がいつか、お酒を飲みながら、姉の私に向ってこう言った事がある。

「爵位《しゃくい》があるから、貴族だというわけにはいかないんだぜ。おれたちのように爵位だけは持っていても、貴族どころか、賤民《せんみん》にちかいのもいる。おれたちの一族でも、ほんものの貴族は、まあ、ママくらいのものだろう。あれは、ほんものだよ」

いつか、おうちの奥庭で、秋のはじめの月のいい夜であったが、お池の端のあずまやで、お月見をしていると、お母さまは、つとお立ちになって、傍《そば》の萩《はぎ》のしげみの奥へおはいりになり、それから、萩の白い花のあいだから、もっとあざやかに白いお顔をお出しになって、少し笑って、

「かず子や、お母さまがいま何をなさっているか、あててごらん」とおっしゃった。

「お花を折っていらっしゃる」と申し上げたら、小さい声を挙げてお笑いになり、

「おしっこよ」とおっしゃった。

ちっともしゃがんでいらっしゃらないのにはおどろいた。こないだ或《あ》る本で読んで、ルイ王朝の頃の貴婦人たちは、宮殿のお庭や、それから廊下の隅《すみ》などで、平気でおしっこをしていたという事を知り、その無心さが、本当に可愛《かわい》らしく、私のお母さまなども、そのようなほんものの貴婦人の最後のひとりなのではなかろうかと考えた。

私たちが、東京の西片町のお家を捨て、伊豆《いず》のこの山荘に引越して来たのは、日本が無条件降伏をしたとしの、十二月のはじめであった。十年前にお父上がお亡《な》くなりになってから、お母さまの弟で、お母さまのたった一人の肉親でいらっしゃる和田の叔父さまが、戦争が終って世の中が変り、もう駄目だ、家を売るより他は無い、女中にも皆ひまを出して、親子二人で、どこか田舎の小綺麗《こぎれい》な家を買い、気ままに暮したほうがいい、とお母さまにお言い渡しになった様子で、お金の事は何もわからないお母さまは、和田の叔父さまに、それではどうかよろしく、とお願いしてしまったようである。私たちの人生は、西片町のお家を出た時に、もう終ったのだと思った。

＊

伊豆の家は、河田子爵の旧別荘で、高台で見晴しがよく、松林の向うに海が見え、畑も百坪ばかりある。

「やわらかな景色ねえ」と、お母さまは、もの憂《う》そうにおっしゃった。

「空気のせいかしら。陽の光が、まるで東京と違うじゃないの。光線が絹ごしされているみたい」と私は、はしゃいで言った。

引越してしばらくして、火事を起しかけた事があった。さいわいご近所のかたのご助力ですぐ消しとめることが出来たが、前のお家の方からきびしく叱《しか》られた。

「気をつけて下さいよ。宮様だか何さまだか知らないけれども、私は前から、あんたたちのままごと遊びみたいな暮し方を、はらはらしながら見ていたんです。」

いまはもう、宮様も華族もあったものではないけれども、しかし、どうせほろびるものなら、思い切って華麗にほろびたい。

私は翌日から、畑仕事に精を出した。筋肉労働、というのかしら。このような力仕事は、私にとって、いまがはじめてではない。私は戦争のときに徴用されて、ヨイトマケまでさせられた。いま畑にはいて出ている地下足袋も、その時、軍のほうから配給になったものである。

私は、この、戦争の唯一《ゆいいつ》の記念品とでもいうべき地下足袋をはいて、毎日のように畑に出て、胸の奥のひそかな不安や焦躁《しょうそう》をまぎらしているのだけれども、お母さまは、この頃、目立って日に日にお弱りになっていらっしゃるように見える。

「夏の花が好きなひとは、夏に死ぬっていうけれども、本当かしら」

きょうもお母さまは、私の畑仕事をじっと見ていらして、ふいとそんな事をおっしゃった。私は黙っておナスに水をやっていた。ああ、そういえば、もう初夏だ。

＊＊

「きょうは、ちょっとかず子さんと相談したい事があるの。実はね、大学の中途で召集されて、行方不明だった直治は生きていて、もうすぐ帰還するだろうという事がわかったの。でも、ね、直治はかなりひどい阿片《あへん》中毒になっているらしいの……」

私はにがいものを食べたみたいに、口をゆがめた。直治は、高等学校の頃に、或る小説家の真似《まね》をして、麻薬中毒にかかり、そのために、薬屋からおそろしい金額の借金を作って、お母さまはそれを全部支払うのに二年もかかったのである。

「叔父さまの話では、もう私たちのお金は無くなってしまったんだって。直治が帰って来て、三人あそんで暮していては、叔父さまもその生活費を都合なさるのにたいへんな苦労をしなければならぬから、いまのうちに、かず子の嫁入りさきを捜すか、または、御奉公のお家を捜すか、どちらかになさい、という、まあ、お言いつけなの」

「いやだわ！　私、そんな話」自分でも、あらぬ事を口走った、と思った。が、とまらなかった。「貧乏なんて、なんでもない。お母さまさえ、私を可愛がって下さったら、私は一生お母さまのお傍にいようとばかり考えていたのに、お母さまは、私よりも直治のほうが可愛いのね。出て行くわ。私は出て行く。私には、行くところがあるの」と言い捨て、思いのたけ泣いてみたくなって、二階の洋間に駈《か》け上り、ベッドにからだを投げて、毛布を頭からかぶり、痩《や》せるほどひどく泣いた。

夕方ちかく、お母さまは、しずかに部屋にはいっていらした。

「私の子供たちの事は、私におまかせ下さい、と、叔父さまにお手紙を書いたの。かず子、着物を売りましょうよ。二人の着物をどんどん売って、思い切りむだ使いして、ぜいたくな暮しをしましょうよ。私はもう、あなたに、畑仕事などさせたくない」

私はベッドから滑り降りて、お母さまのお膝《ひざ》に抱きつき、はじめて、「お母さま、さっきはごめんなさい」と言う事が出来た。

南方の島から還《かえ》って来た直治は、その翌日、東京のお友達などに逢《あ》わなければならぬと言って、お母さまから、二千円もらって東京へ出かけていってしまった。

もう、あれから、六年になる。直治の麻薬中毒が、私の離婚の原因になった。直治は、薬屋への支払いに困って、しばしば私にお金をねだった。私は山木へ嫁いだばかりで、お金など自由になるわけで無し、私の腕輪や、頸飾《くびかざ》りや、ドレスを売った。私はそのお金を、直治に言われるまま、小説家の上原二郎さんにとどけさせた。

ある日上原さんのアパートを訪ねてみると、「出ましょうか」と、言われるまま、東京劇場の裏手のビルの地下室の店にはいり、上原さんは、コップでお酒をお飲みになった。私もコップで二杯ほど飲んだ。話がすんで、私は、地下室の暗い階段をのぼって行った。一歩さきにのぼって行く上原さんが、階段の中頃で、くるりとこちら向きになり、素早く私にキスをした。私は唇を固く閉じたまま、それを受けた。

べつに何も、上原さんをすきでなかったのに、それでも、その時から私に、「ひめごと」が出来てしまった。他の生き物には絶対に無く、人間にだけあるもの、それは「ひめごと」である。或る日、私は、夫からおこごとをいただいて淋しくなって、ふっと、「私には、恋人があるの」と、言った。それがきっかけで、私は里のお母さまのところに帰って、それから赤ちゃんが死んで生れて、私は病気になって寝込んで、もう、山木との間は、それっきりになってしまったのだ。

＊＊＊

お手紙、書こうか、どうしようか、ずいぶん迷っていました。けれども、けさ、鳩《はと》のごとく素直に、蛇のごとく慧《さと》かれ、というイエスの言葉をふと思い出し、奇妙に元気が出て、お手紙を差し上げる事にしました。直治の姉でございます。お忘れかしら。お忘れでしたら、思い出して下さい。六年間、いつの頃からか、あなたの事が霧のように私の胸に滲《し》み込んでいたのです。あの夜、地下室の階段で、私たちのした事も、急にいきいきとあざやかに思い出されて来て、なんだかあれは、私の運命を決定するほどの重大なことだったような気がして、あなたがしたわしくて、これが、恋かも知れぬと思ったら、とても心細くたよりなく、ひとりでめそめそ泣きました。あなたは、他の男のひとと、まるで全然ちがっています。私は、小説家などにあこがれてはいないのです。私は、あなたの赤ちゃんがほしいのです。あなたの赤ちゃんを生みたいのです。それで、私は、あなたに相談をしているのです。おわかりになりましたら、御返事を下さい。あなたのお気持を、はっきり、お知らせ下さい。

＊＊＊

私は、胸のうちを書きしたため、岬の尖端《せんたん》から怒濤《どとう》めがけて飛び下りる気持で、投函《とうかん》したのに、いくら待っても、ご返事が無かった。もうこの上は、何としても私が上京して、上原さんにお目にかかろう、行くところまで行かなければならない、とひそかに上京の心支度をはじめたとたんに、お母さまの御様子が、おかしくなったのである。

秋のしずかな黄昏《たそがれ》、直治と私と、たった二人の肉親に見守られて、日本で最後の貴婦人だった美しいお母さまは亡くなった。

直治は出版業の資本金と称して、お母さまの宝石類を持ち出し、東京で飲み疲れると、伊豆の山荘へ大病人のような真蒼《まつさお》な顔をしてふらふら帰って来て、寝て、或る時、若いダンサアふうのひとを連れて来た。私は直治に留守番を頼んで、東京へ向った。

こがらしの吹いている日だった。荻窪《おぎくぼ》駅に降りた頃には、もうあたりが薄暗く、私は往来のひとをつかまえては、あのひとのところ番地をつげて、一時間ちかく暗い郊外の路地をうろついて、ようやく二軒長屋のうちの一軒の表札にその名前を見つけた。

上原さんは留守で、奥さんから、荻窪駅の前の白石というおでんやさんにいるかもしれないと教えられた。

すきなのだから仕様が無い、あの奥さまは珍らしくいいお方だけれど、私は少しも自分をやましいとは思わぬ、人間は、恋と革命のために生れて来たのだ。

駅前のおでんやは、すぐに見つかった。けれども、あのひとはいらっしゃらない。

「阿佐ヶ谷ですよ。北口をまっすぐいらして、柳やという小料理屋があります」

柳やは、ひっそりしていた。そこで教えられた、西荻の店でようやく、私は、上原さんに逢う事が出来た。しかし、ちがうのだ。六年。まるっきり、もう、違ったひとになっているのだ。蓬髪《ほうはつ》は昔のままだけれども哀れに赤茶けて薄くなっており、顔は黄色くむくんでいた。

十人ばかりの人間が、上原さんをかこんで、ギロチン、ギロチン、シュルシュルシユと言いながら、コップ酒を打ち合わせて乾杯していた。ああ、この人たちは、間違っている。しかし、私の恋の場合と同じ様に、こうでもしなければ、生きて行かれないのかもしれない。「上原二郎にたかって、痛飲」と、誰かの言う声が聞こえた。「泊まるところが、ねえんだろ。ざこ寝が出来るか。寒いぜ」と、上原さんはひとりごとのようにおっしゃった。「無理でしょう」と店のおかみさんが口をはさんだ。

私は黙っていた。このひとは、たしかに、私のあの手紙を読んだ、そうして、誰よりも私を愛している、と、私はそのひとの言葉の雰囲気から素早く察した。

外は深夜の気配だった。「ぼくの赤ちゃんが欲しいのかい」と、岩が落ちて来るような勢いでそのひとの顔が近づき、遮二無二《しやにむに》私はキスされた。性慾《せいよく》のにおいのするキスだった。「行くところまで行くか」とその男は言った。

上原さんは、友人の画家をたたきおこし、「二階を借りるぜ。おいで」と、私の手を取って、階段をのぼり、ご自分のお家みたいに、勝手に押入れをあけてお蒲団《ふとん》を出して敷いた。いつのまにか、あのひとが私の傍に寝ていらして、……私は一時間ちかく、必死の無言の抵抗をした。ふと可哀《かわい》そうになって、放棄した。

弟の直治は、その朝に自殺していた。

＊＊＊＊＊

直治の遺書。

姉さん。だめだ。さきに行くよ。

僕という草は、この世の空気と陽の中に、生きにくいんです。僕は高等学校へはいって、僕の育ってきた階級と全くちがう階級に育ってきた強くてたくましい草の友人と、はじめて附き合い、その勢いに押され、負けまいとして、麻薬を用い、半狂乱になって抵抗しました。それから兵隊になって、やはりそこでも、生きる最後の手段として阿片を用いました。僕は下品になりたかった。強く、いや強暴になりたかった。それが所謂《いわゆる》民衆の友になり得る唯一の道だと思ったのです。

僕には、所謂、生活能力が無いんです。出版業など計画したのも、ただ、てれかくしのお体裁で、実はちっとも本気で無かったのです。もう、だめなんだ。僕は、死にます。らくに死ねる薬があるんです。兵隊の時に、手に入れて置いたのです。

それから、とてもてれくさいお願いがあります。ママのかたみの麻の着物。あれを直治が夏に着るようにと縫い直して下さったでしょう。あの着物を、僕の棺にいれて下さい。僕、着たかったんです。

さようなら。姉さん。

僕は、貴族です。

＊＊＊＊＊

直治の死のあと始末をして、それから一箇月間、私は冬の山荘にひとりで住んでいた。私は、あのひとに、おそらくこれが最後の手紙を書いて差し上げた。――どうやら、あなたも私をお捨てになったようでございます。いいえ、だんだんお忘れになるらしゅうございます。けれども、私は、幸福なんですの。私の望みどおりに、赤ちゃんが出来たようでございますの。私は、いま、いっさいを失ったような気がしていますけど、でも、おなかの小さな生命が、私の孤独の微笑のたねになっています。革命は、いったい、どこで行われているのでしょう。こいしいひとの子を生み、育てる事が、私の道徳革命の完成なのでございます。

昭和二十二年二月七日。

【編者からひとこと】

かず子は上原への最後の手紙で記している。「この世の中に、戦争だの平和だの貿易だの組合だの政治だのがあるのは、なんのためだか、このごろ私にもわかって来ました。あなたはご存じないでしょう。だから、いつまでも不幸なのですわ。それはね、教えてあげますわ、女がよい子を生むためです」と。ショーペンハウアーにならって言えば、種としての人類の「生きんとする意志」にほかならない。

『人間失格』

恥の多い生涯を送って来ました。

自分には、人間の生活というものが、見当つかないのです。自分は、空腹という事を知りませんでした。おなかが空いていても、自分でそれに気がつかないのです。人間の営みというものが何もわかっていないので、隣人の苦しみもまるで見当つかないのです。考えれば考えるほど、自分には、わからなくなり、自分ひとり全く変っているような、不安と恐怖に襲われるばかりなのです。隣人と、ほとんど会話が出来ません。何を、どう言ったらいいのか、わからないのです。

そこで考え出したのは、道化でした。

それは、自分の、人間に対する最後の求愛でした。この道化の一線でわずかに人間につながる事が出来たのでした。おもてでは、絶えず笑顔をつくりながらも、内心は必死の、油汗流してのサーヴィスでした。その頃の、家族たちと一緒にうつした写真などを見ると、他の者たちは皆まじめな顔をしているのに、自分ひとり、必ず奇妙に顔をゆがめて笑っているのです。また、自分は肉親たちに口応《くちごた》えした事はいちども有りませんでした。怒っている人間の顔ほどおそろしいものはなかったからです。何でもいいから、笑わせておればいいのだと、必死のお道化のサーヴィスをしたのです。

自分は夏に、姉の脚絆《レギンス》を両腕にはめて、浴衣の下に赤い毛糸のセエターを着ているように見せかけて廊下を歩き、家中の者を笑わせました。めったに笑わない長兄も、「それあ、葉ちゃん、似合わない」と、可愛くてたまらないような口調で言いました。

＊

受験勉強もろくにしなかったのに、東北の海辺の或《あ》る中学校に入学できました。自分には、生れ故郷よりも、他郷のほうが、ずっと気楽な場所のように思われました。それは、肉親よりも他人のほうが道化によってあざむくのが容易だったからです。自分の人間恐怖は以前と同様でしたが、自分のお道化はいよいよぴったり身について来て、教室にあっては、いつもクラスの者たちを笑わせ、あの雷の如き蛮声を張り上げる配属将校をさえ、実に容易に噴き出させる事が出来たのです。

もはや、自分の正体を完全に隠蔽《いんぺい》し得たのではあるまいか、とほっとしかけた矢先に、自分は実に意外にも背後から突き刺されました。

その日、体操の時間に、鉄棒の練習をしているときでした。自分は、わざと出来るだけ厳粛な顔をして、鉄棒めがけて、えいっと叫んで飛び、そのまま幅飛びのように前方へ飛んでしまって、砂地にドスンと尻餅をつきました。すべて、計画的な失敗でした。果して皆の大笑いになりましたが、教練や体操はいつも見学している竹一という白痴に似た生徒が自分の背中をつつき、低い声でこう囁《ささや》きました。「ワザ。ワザ」

自分は震撼《しんかん》しました。ワザと失敗したという事を、人もあろうに、竹一に見破られるとは全く思いも掛けない事でした。ある日、彼を手なずけるために、自分の部屋に誘い込むのに成功しました。耳が痛いというので、竹一を自分の膝《ひざ》を枕にして寝かせ、綿とアルコールで耳だれを掃除してやりました。さすがにこれが偽善の悪計とは気附かず、「お前は、きっと、女に惚《ほ》れられるよ」と、竹一は言いました。それが悪魔の予言のようなものだったと、後年に到って思い知りました。竹一は、自分の画いた自画像を見て、「お前は、偉い絵画きになる」とも予言しました。

この二つの予言を額に刻印せられて、やがて、自分は東京へ出て来ました。父の命令で、末は官吏になるために、高等学校に入学しました。しかし、絵画きになりたくて、本郷千駄木町のある画塾に通い、そこで、自分より六つ年長の、堀木という画学生から、酒と煙草と淫売婦《いんばいふ》と質屋と左翼思想とを知らされました。画塾の近くの、蓬莱町《ほうらいちょう》のカフエに引っぱって行かれたのが、彼との交友のはじまりでした。

「前から、お前に眼をつけていたんだ。それそれ、そのはにかむような微笑、それが見込みのある芸術家特有の表情なんだ」と、彼は言いました。

自分はその時、生れてはじめて、ほんものの都会の与太者を見たのでした。それは、自分と形は違っていても、やはり、この世の人間の営みから完全に遊離してしまって、戸迷いしている点に於いてだけは、たしかに同類なのでした。自分と本質的に異質なのは、彼はお道化を意識せずに行い、しかも、そのお道化の悲惨に全く気づいていない事でした。

人間への恐怖からのがれ、幽かな一夜の休養を求めるために、淫売婦たちと遊んでいるうちに、いつのまにやら、自分には、「女達者」という匂いがつきまとうようになりました。自分にとっては、共産主義の秘密会合も、非合法や日陰者の雰囲気が楽しかったにすぎません。それがむしろ、居心地がよかったのです。そのうちに、マルクス学生の行動隊々長というものに、自分はなっていたのでした。武装蜂起《ほうき》、と聞き、小さいナイフを買い、それを、レンコオトのポケットにいれ、あちこち飛び廻って、所謂《いわゆる》「聯絡《れんらく》」をつけるのでした。P（党の事をそう呼んでいました）のほうからは、次々と息をつくひまも無いくらい、用事の依頼がまいります。とうとう自分は逃げました。逃げて、さすがに、いい気持はせず、死ぬ事にしました。

その頃、自分に特別の好意を寄せている女が、三人いました。その一人、身のまわりに冷たい木枯しが吹いて、落葉だけが舞い狂い、完全に孤立している感じの、ツネ子という女給と、鎌倉で海に飛び込みました。女の人は死に、自分だけ助かり、自殺幇助《ほうじょ》という罪で警察に連れて行かれましたが、起訴猶予《ゆうよ》で釈放されました。

＊＊

竹一の予言の、一つは当り、一つは、はずれました。自分は、わずかに、粗悪な雑誌の、無名の下手な漫画家になる事が出来ただけでした。

鎌倉の事件のために、高等学校から追放せられた自分は、男めかけみたいな生活をする事になりました。夫と死別して、五つになる女児をかかえる、シヅ子という女と高円寺のアパートに同棲《どうせい》し、その女児の子守りをしながら、彼女の勤める雑誌社の雑誌に「キンタさんとオタさんの冒険」といった連載漫画を画いたりしていました。

「……あなたを見ると、たいていの女のひとは、何かしてあげたくて、たまらなくなる。……いつも、おどおどしていて、それでいて、滑稽家なんだもの。……時たま、ひとりで、ひどく沈んでいるけれども、そのさまが、いっそう女の人の心を、かゆがらせる」なんて、シヅ子に言われても、こちらの心は沈むばかりでした。

ある時、堀木が訪ねて来て、「お前の、女道楽もこのへんでよすんだね、これ以上は、世間が、ゆるさないからな」と言いました。世間とは、いったい、何の事でしょう。自分にもぼんやりわかりかけて来ました。世間とは、個人と個人の争いで、その場で勝てばいいのだ、その場の一本勝負にたよる他、生き伸びる工夫がつかぬのだ、と。そう思いはじめてから、自分の意志で動く事ができるようになりました。

シヅ子とくらして一年以上経《た》った葉桜の頃、彼女のもとを去り、京橋のすぐ近くのスタンド・バアの二階に、またも男めかけの形で、寝そべることになりました。

自分はその店のお客のようでもあり、亭主のようでもあり、使い走りのようでもあり、はたから見て甚《はなは》だ得態《えたい》の知れない存在だった筈なのに、「世間」は少しもあやしまず、その店の常連たちも、自分を、葉ちゃんと呼んで、ひどく優しく扱い、そうしてお酒を飲ませてくれるのでした。自分は世の中に対して、次第に用心しなくなり、世の中というところは、そんなにおそろしいところでは無い、と思うようになりました。

その頃、自分に酒を止めよ、とすすめる処女がいました。

「いけないわ、毎日、お昼から、酔っていらっしゃる」

バアの向いの、小さい煙草屋の、ヨシちゃんと言う、十七、八の娘でした。酔って煙草を買いに出て、その煙草屋の前のマンホールに落ち、ヨシちゃんに傷の手当てをしてもらった事がありました。その時、ヨシちゃんは、しみじみ、

「飲みすぎますわよ」と言いました。

「やめる。あしたから、一滴も飲まない。やめたら、ヨシちゃん、僕のお嫁になってくれるかい？」と、自分は言いました。酒はもういい加減によそうと思ったのです。

「モチよ」モチとは、「勿論《もちろん》」の略語でした。

「ようし、ゲンマンしよう。きっとやめる」

そうして翌《あく》る日、自分は、やはり昼から飲みました。

「ヨシちゃん、ごめんね。飲んじゃった」

「かつごうたって、だめよ。きのう約束したんですもの。飲む筈が無いじゃないの。ゲンマンしたんですもの。飲んだなんて、ウソ、ウソ、ウソ」

こうして、自分たちは結婚しました。

＊＊＊

築地《つきじ》、隅田川の近く、木造の二階建ての小さいアパートの階下の一室を借り、ヨシ子とふたりで住み、酒は止めて、そろそろ自分の定った職業になりかけて来た漫画の仕事に精を出し、夕食後は二人で映画を見に出かけ、帰りには、喫茶店などにはいり、

また、花の鉢を買ったりして、いや、それよりも自分をしんから信頼してくれているこの小さな花嫁の言葉を聞き、動作を見ているのが楽しく、これは自分もひょっとしたら、いまにだんだん人間らしいものになる事が出来て、悲惨な死に方などせずにすむのではなかろうかという甘い思いを幽かに胸にあたためはじめていた矢先に、堀木がまた自分の眼前に現われました。

「よう！ 色魔。きょうは、高円寺女史からのお使者なんだがね。たまには遊びに来てくれっていう御伝言さ」

この堀木の言葉に、たちまち過去の恥と罪の記憶が、ありありと眼前に展開せられ、わあっと叫びたいほどの恐怖で、坐っておられなくなりました。

「飲もうか」と自分。「よし」と堀木。アパートの屋上で、隅田川からのどぶ臭い風を受けて、焼酎片手に、ふたりで薄汚い納涼の宴を張りました。

階下にそら豆を取りに行った堀木が顔色を変えて、引返して来ました。

「おい！ とんだ、そら豆だ。来い！」

自分の部屋の上の小窓があいていて、そこから部屋の中が見えます。電気がついたままで、二匹の動物がいました。自分は、ぐらぐら目まいがして、ヨシ子を助ける事も忘れ、階段に立ちつくしていました。実に、それは自分の生涯に於いて、決定的な事件でした。相手の男は、自分に漫画をかかせては、わずかなお金をもったい振って置いて行く三十前後の無学な小男の商人なのでした。

ゆるすも、ゆるさぬもありません。ヨシ子は信頼の天才なのです。ひとを疑う事を知らなかったのです。しかし、それゆえの悲惨。神に問う。信頼は罪なりや。

ヨシ子の無垢《むく》な青葉の滝のような信頼心は、一夜で、黄色い汚水に変ってしまい、見よ、ヨシ子は、その夜から自分の一顰一笑《いっぴんいっしょう》にさえ気を遣うようになりました。自分は、もはや何もかも、わけがわからなくなり、おもむくところは、ただアルコールだけになりました。その年の暮、泥酔して帰宅し、砂糖水を飲みたくて、台所で砂糖を探しているうち、催眠薬の小箱を見つけました。いつかやる気で隠していたに違いありません。自分はそれを全部、飲みほしました。

三昼夜、自分は死んだようになっていたそうです。ヨシ子は、何か、自分が身代わりになって毒を飲んだとでも思い込んでいるらしく、以前よりも尚いっそう、自分に対して、おろおろしていました。

東京に大雪の降った夜でした。雪道を歩いていると、突然、吐きました。最初の喀血《かっけつ》でした。雪の上に、大きい日の丸の旗が出来ました。近くの薬屋の奥さんに相談すると、酒をやめるように言われ、どうしてもお酒が飲みたくてたまらなくなった時のお薬と言って、紙に包んだ小箱を渡されました。モルヒネの注射液でした。モルヒネによってアルコールというサタンからのがれる事が出来、不安も焦燥も綺麗《きれい》に除去されましたが、やがて、薬の使用量は増えるばかり。深夜、薬屋の戸をたたいた事もありました。薬屋の奥さんと文字どおりの醜関係をさえ結びました。

まさに地獄。今夜、十本、一気に注射し、大川に飛び込もうと覚悟を極めたその日の午後、堀木があらわれ、自分を自動車に乗せて、森の中の大きい病院に連れて行きました。或る病棟にいれられ、ガチャンと鍵《かぎ》をおろされました。脳病院でした。

人間、失格。もはや、自分は、完全に、人間で無くなりました。

いまは、東北の海辺の温泉地の村はずれのあばら家にいます。自分には、幸福も不幸もありません。ただ、一さいは過ぎて行きます。自分はことし、二十七になります。白髪がめっきりふえたので、たいていの人から、四十以上に見られます。

【編者からひとこと】

「道化」は、人間の現実の生活と同様、文学作品でも大いに活躍し、その役割が評価されている。『リア王』をはじめ、シェイクスピアの戯曲で「道化」はドラマの重要な柱である。トルストイ『戦争と平和』のピエール、ドストエフスキー『カラマーゾフの兄弟』のフョードルなどはその代表である。フョードルは「私は生れつき、根っからの道化でしてね」と言っている。太宰治もそうかもしれない。

旅コラム①　小説『津軽』の旅
【青森市から蟹田町へ】

東京から東北新幹線「はやて」に乗り、八戸で東北本線特急「スーパー白鳥《はくちょう》」に乗り換えて、約四時間で青森に着く。小説『津軽』を鞄《かばん》に入れて旅にでた。

青森市内では、まず荒川の**近代文学館**を訪ねた。県出身の作家一三人に関する資料を常設展示している。太宰のほか、佐藤紅緑《こうろく》、石坂洋次郎、寺山修司など、〝青い森の国〟からは多くの才能が出ている。

旧寺町（現・本町）の常光寺《じょうこうじ》近くに、下宿先だった**豊田呉服店の跡**がある。いまは駐車場になっている敷地前の石碑に、太宰がここから三キロ先の青森中学（現・県立青森高校）に歩いて通ったと記されている。新町通りを下り、堤《つつみ》川にかかる旭《あさひ》橋をわたり、太宰の通学路をたどってみた。

あおもり駅の看板は全国でも珍しい平仮名表記。

青森中学の校舎は昭和二〇年の青森大空襲で焼失し、跡地は市営球場になっている。近くに**合浦《がっぽ》公園**がある。『思い出』に、「浪の音や松のざわめきが授業中でも聞えて来て」と書かれている公園だ。桜林が続く砂浜のある珍しい公園で、平成元年に日本の都市公園百選に選ばれている。青森湾をへだて遠くに浅虫《あさむし》温泉街が見える。

蟹田《かにた》へ行くために、青森駅から津軽線に乗

松も桜も砂浜もある合浦公園。遠くに浅虫温泉街を望む。

った。鈍行で五〇分。特急・白鳥なら約三〇分。戦前は津軽線がなく、太宰は二時間かけてバスで東海岸を北上している。

「蟹田ってのは、風の町だね」

蟹田は『津軽』のなかでそう表現されている。太宰が親友N君（中村貞次郎《ていじろう》）の家に滞在したとき、強い西風が吹いていたのだ。その貞次郎の家はまだ国道沿いに残っていた。太宰はこの地の名産の蟹が好物だったが、地元の人によると、捕獲量は落ちているという。

「かれは、人を喜ばせるのが、何よりも好きであった！」

『正義と微笑』からとったこの一文が刻まれた石碑が見たくて**観瀾山**《かんらんざん》に登る。緑の木々がつくるアーチの下を行くと、漁港と集落を見下ろす高台に、手招きをするようにそれは立っていた。中村貞次郎らと花見をし、酒を酌み交わし、文学談義に興じた場所だ。碑文の文字は佐藤春夫によるものだが、彼はどんな思いで筆をとったのだろう。パビナール中毒の太宰を入院させ、借金の肩代わりもした佐藤を、太宰が喜ばせたはずがない。

観瀾山の太宰文学碑。道の終わりで手招きしている。

ダザイくんの手招き

重松　清

しげまつきよし　一九六三年岡山県生れ。作家。『エイジ』で山本周五郎賞を、『ビタミンF』で直木賞を受賞。『卒業』など著書多数。

嘘《うそ》つき、と誰かに呼ばれたことのあるひと。見栄ばかり張っている、と自分でも認めるひと。他人の目が気になってしかたないひと。過去の失敗を思いだしては頭を抱え込んでしまうひと。ずるいことをしてしまう自分が大嫌いなのに、でもずるいことを繰り返してしまうひと。一人でいると寂しいのに、友だちのことがときどきうっとうしくなるひと。弱いひと、負けているひと、逃げてしまうひと。強いふりをするひと、勝ったつもりになっているひと、前を向いたままあとずさりするひと。生きているのが少しつらくなったひと。でも死にたくはないと思っているひと。自分以外の誰かになりたいひと。でも自分は世界でたった一人のかけがえのない存在だと信じたいひと。——要するに、ぼくたちみんな。

太宰治を読もう。

いや、ほんと、太宰治を読もうよ。

ここには、「ぼくたち」がいる。セコくて、自意識過剰で、周囲から浮いてしまうことを警戒しながらも他人とはひと味違う自分でありたくて、なのにそれがうまくいかずに落ち込んだりスネたりしている、そんな「ぼくたち」が、太宰治の小説には満載なのだ。

だから、太宰治を読もう。

「ぼくたち」の一人である「きみ」が、ナイフを——他人を傷つけるためのものでも、自分を傷つけるためのものでも、とにかくナイフを持つ前に、太宰治の本を手に取ってほしくて、ぼくはいま、この小文を書いている。

＊

「つかみ」がいい。太宰治は、なんといっても。いくつかの作品の冒頭や、冒頭にごく近い箇所のフレーズを並べてみようか。

〈これは、希望を失った人たちの読む小説である〉『雌に就いて』

〈とにかくそれは、見事な男であった。あっぱれな奴《やつ》であった。好いところが一つもみじんも無かった〉『親友交歓』
〈一つだけ教えて下さい。困っているのです〉『トカトントン』
〈言えば言うほど、人は私を信じて呉《く》れません。逢うひと、逢うひと、みんな私を警戒いたします〉『燈籠』
〈じっさい、十六になったら、山も、海も、花も、街の人も、青空も、まるっきり違って見えて来たのだ。悪の存在も、ちょっとわかった。この世には、困難な問題が、実に、おびただしく在るのだという事も、ぼんやり予感できるようになったのだ。だから僕は、このごろ毎日、不機嫌なんだ〉『正義と微笑』
〈人の世話にばかりなって来ました。これからもおそらくは、そんな事だろう。みんなに大事にされて、そうして、のほほん顔で、生きて来ました。これからも、やっぱり、のほほん顔で生きて行くのかも知れない〉『帰去来』
〈恋をしたのだ〉『ダス・ゲマイネ』
〈朝は健康だなんて、あれは嘘。朝は灰色。いつもいつも同じ〉『女生徒』
〈恥の多い生涯を送って来ました〉『人間失格』

〈死のうと思っていた〉『葉』

文学的にどうこうなんて、考えなくていい。ぼくにもよくわからない。わからないけれど、太宰治の作品の書き出しに触れるたびに、すごいよなあ、いいよなあ、と思う。

不意に手招きされる快感——とでも呼ぼうか。たとえば、こんな光景を思い浮かべてみてほしい。

「ぼくたち」の中に「きみ」がぼんやりと立っていると、いきなり向こうからダザイくんに「おーい!」と声をかけられ、振り向くと目が合って、こっちこっち、と手招きされる。まわりに「ぼくたち」はたくさんいるんだけど、どうもダザイくんは、「きみ」だけを見ているようだ。「きみ」を指名して、「早く来いよ!」と手招いているようなのだ。

オレのこと——?(「わたし」でもいいんだけど、男子の口調で統一させてください)

オレなのかな、マジ、オレでいいのかな、と最初は不安に駆られていても、やはりダザイくんの視線はまっすぐにこっちを向いているし、確かにそう言われてみれば、オレだよな、やっぱここはオレだよな……という気もしてきて、ダザイくんに向かってふらふらと歩きだしてみると、なんのことはない、「ぼくたち」の他の連中もみんな、自分と同じようにふらふらと、引き寄せられるようにして、ダザイくんに向かって歩いているのである。

ここで、なーんだ、と落胆してはいけない。カッコ悪い勘違いに恥じ入ることもない。ましてや、引き返す必要なんて。

太宰治の本が書棚に並んでいるひとは、みんなそうだったんだよ。みんな、ダザイくんに手招かれて、オレだけが呼ばれたんだ、と勘違いして……その勘違いがあまりにも悔しかったから、自分で小説を書きはじめた奴だって、ここに一人、いるわけだ。

＊

「ぼくたち」は誰もが、暗い部分や弱い部分を持っている。いじけたり、くよくよしたり、逆に虚勢を張ってみたり、ワルぶってみたり。

そんなことないよ――なんて、「きみ」は唇をとがらせて言い返すかもしれない。

でも、ほんとうにそうなのかな。どこかで無理してない？　というか、無理をしなくちゃいけない、と思い込んでるんじゃない？　もっと言うなら、「無理をしなくちゃいけない、と思い込まなくちゃいけない」というプレッシャーを背負ってるんじゃない？

小学生でも中学生でも高校生でも——ひっくるめて「青春」は、いつだって「明るく、元気に、前向きに」を、おとなから期待されている。あまりにもたくさんのおとなが期待しているものだから、いつのまにかそれがあたりまえになり、当の本人まで自分自身の「青春」に期待するようになって、友だちをつくらなきゃ、楽しいおしゃべりをしなくちゃ、いつも笑っていなくちゃ、夢を持たなくちゃ……もう、あせる、あせる。

だから、「きみ」は明るいふりをする。元気なふりをして、前向きなふりをする。誰かのためにというより、自分自身のために。

でも、「ふり」をつづけるというのは、とても疲れることだ。

友だちと放課後の教室やコンビニでまったり過ごしたあと、一人になったときに、ふとため息が漏れたことはないかい？

学校で『将来の夢』という題の作文を書かされているとき、なんだか嘘っぽいなあと不意に思ってしまって、そこから先は書く気が失《う》せてしまったこと、ないかい？

そんなときだ——ダザイくんが、こっちこっち、と手招きするのは。よけいな前置きはない。もったいぶった言葉を並べる前に、ダザイくんは、ズバッと「きみ」に訊《き》いてくる。

これって、おまえのことじゃない——?

うなずいてしまうはずだ。胸がドキンと高鳴るかもしれない。

なぜって、ここには、「きみ」が「ふり」で隠してきた暗い部分や弱い部分がたっぷり描かれているから。「ふり」をつづけることのしんどさや、おかしさや、哀《かな》しさが、まるで「きみ」の肩を抱いて話しかけるような距離で描かれているから。

ダザイくんの本領は、ずるい奴や弱い奴やいばってる奴や情けない奴やセコい奴やイケてない奴——要するに「明るくなくて、元気じゃなくて、前向きでもない」奴をいかに生き生きと描くか、にある。

若い読者のための入門編としては、『正義と微笑』『女生徒』『思い出』あたりだろうか。びっくりするぞ。半世紀以上も前の小説がどうしてこんなに自分と近いんだろう、って。ふだんは「ふり」で隠しつづけた暗い自分や弱い自分が、ここにはたくさんいる。暗い。重い。苦い。ついでにイヤミで皮肉。でも、読み終えたときには、なんともいえず気分が楽になっているはずだ。物語のヒーローやヒロインに明るい自分や強い自分への憧《あこが》れを託すのも、もちろん小説を読む大きな愉《たの》しみの一つだけど、逆に、このひとはオレの暗さや弱さをわかってくれてるんだなあ、と噛《か》みしめるのだって、小説の魅力なんだから。

そして、「きみ」なら気づくだろう。ほんとうはダザイくんがいちばん「ふり」をしているんだ。「ふり」のキツさを誰よりもわかっているのは、ダザイくんだったんだ。だからダザイくんは自ら命を絶った。あいつには、こっちこっち、と手招いてくれる、自分自身にとってのダザイくんがいなかったんだ。

でも、ダザイくんは作品を残してくれた。いまでも、そして明日からも、新しい読者の「きみ」を手招きしつづける。

こっちこっち、まあ読んでみろよ、おまえみたいな奴の話を書いたんだ、似てるだろう、イケてないよなあ、でも、こいつ、寂しくて、哀しくて……これが人間なんだと思わないか、なあ、おまえもそう思わないか……?

＊

ぼくは、若いひとにとって「ひとりきり」の時間はとてもたいせつだと思っている。

「ふり」をしなくてもいい、ひとりきりの時間にこそ、ひとは暗い自分や弱い自分と向き合えるはずだから。

でも、「ひとりぼっち」にはなってほしくない。「ふり」に疲れて、そのしんどさを誰とも分かち合えずに、暗い自分や弱い自分に押しつぶされたすえにナイフを手に取るのなら……その前に、太宰治を、読んでくれ。

＊

太宰治の小説は、書き出しだけじゃなくて、締めくくりもカッコいい。

もちろん、そのカッコよさは作品を最後まで読んでこそ味わえるものだから、ここでは紹介はしないけれど、一つだけ、ぼくのいっとう好きな――ガキの頃から、「ひとりぼっち」になるたびにそこだけ何十回も読み返した、締めくくりのフレーズを書いておこう。

『津軽』のラストだ。「きみ」に捧《ささ》げる。

〈絶望するな。では、失敬〉

＊

では、失敬――。

カッコいい太宰の写真を見つけました。
マント姿がキマってます。
東京・三鷹の踏切にて（昭和22年　撮影・田村茂）

齋藤　孝

【さいとう・たかし】

1960年静岡県生れ。東京大学法学部卒。同大学院教育学研究科博士課程を経て、明治大学文学部教授。専門は教育学、身体論、コミュニケーション技法。

声に出して読みたい　太宰治

文学のミッションに生きた迫力——太宰治

さて、いきなりですが、質問です。太宰治の第一創作集のタイトルは何でしょうか？ 答えを出す前に、その第一創作集の最初の作品「葉」の冒頭を声に出して読んでもらいたい。

死のうと思っていた。ことしの正月、よそから着物を一反《いったん》もらった。お年玉としてである。着物の布地は麻《あさ》であった。鼠色《ねずみいろ》のこまかい縞目《しまめ》が織りこめられていた。これは夏に着る着物であろう。夏まで生きていようと思った。

これが初めて出す創作集の冒頭だというのだから普通じゃない。自殺を少し引き延ばすという話だが、たったこれだけの文章なのに、妙に心に残る。死を前にしている人間としては不思議な明るさがある。この文章は二十代に書かれたものだ。創作集のタイトルは『晩年』。二十代なのに、いきなり「晩年」というのもオリジナリティにあふれている。

ただ生活に疲れて死を考えているわけではない。太宰治には「文学を書く」というミッションがあった。ミッションというのは神から与えられた使命のようなものだ。自分の存在を単純にポジティブ（肯定的、積極的）には捉《とら》えることができない。大地主の息子として生まれ、革命の戦士としてのアイデンティティも失い、行き場がなくなり女と心中を図《はか》る。神の計らいか、すっと上手には死ぬことができない。女だけが死んでしまう。生き残った命にはミッションだけがある。

どうせ死ぬのだ。ねむるようなよいロマンスを一篇だけ書いてみたい。男がそう祈願《きがん》しはじめたのは、彼の生涯《しょうがい》のうちでおそらくは一番うっとうしい時期に於《お》いてであった。男は、あれこれと思いをめぐらし、ついにギリシャの女詩人、サフォに黄金の矢を放った。

生活。

よい仕事をしたあとで
一杯のお茶をすする
お茶のあぶくに

きれいな私の顔が
いくつもいくつも
うつっているのさ

どうにか、なる。

私の顔がきれいにうつっている、というのじゃない。きれいな私の顔がうつってい る、というのだからおもしろい。実際太宰は細くて顔もかっこよかったから、女にモテた。新潮文庫版のカバーに付いている写真を見て欲しい。こんな雰囲気のあるいい男が死ぬことを考えていたら、ついて行ってしまう女の人がいてもおかしくはない。太宰治の魅力は、危うさにある。死にそうになるギリギリのところで、何かに勇気づけられてもう少し生きてみようと思い直したりする。根っから生活力にあふれたたくましい男では、この危うい魅力は出せない。

太宰治がモテる理由は他にもある。女性の心をつかんでいるのだ。女性心理の核心をつかんでいるだけではない。周りの細かな襞々《ひだひだ》までもしっかり感じ取っている。しかもその微妙な心理のあやを言葉にする技においては、当の女性以上だ。これでは太宰にハマる女性読者が後を絶たないのも頷《うなず》ける。

「女生徒」（『走れメロス』に収録）は、十代の女の子の独白のスタイルになっている。冒頭はこうだ。

あさ、眼をさますときの気持ちは、面白い。かくれんぼのとき、押入《おしい》れの真暗《まつくら》い中に、じっと、しゃがんで隠れていて、突然、でこちゃんに、がらっと襖《ふすま》をあけられ、日の光がどっと来て、でこちゃんに、「見つけた！」と大声で言われて、まぶしさ、それから、へんな間の悪さ、それから、胸がどきどきして、着物のまえを合せたりして、ちょっと、てれくさく、押入《おしい》れから出て来て、急にむかむか腹立たしく、あの感じ、いや、ちがう、あの感じでもない、なんだか、もっとやりきれない。

朝の目覚めの何とも言えない感じが、とても男性が書いたとは思えない軽やかさで表現されている。書かれたのは太宰が三十歳の時だ。昭和十四年の作品とはとても思えない。今の女子高生の気分が描かれていると言ってもそんなにおかしくない。微妙にイライラ、ムカムカするような感覚。「ムカツク」とまでは吐き捨てないが、何とも言えない不機嫌さや攻撃性が、戦前の女生徒にもあったのかと思わせる。大人を見たときに感じる生理的な嫌悪感《けんおかん》。現代にも通じるこのムカムカする感覚は、たとえばこう描かれている。

けさ、電車で隣り合せた厚化粧《あつげしょう》のおばさんをも思い出す。ああ、汚い、汚い。女は、いやだ。自分が女だけに、女の中にある不潔《ふけつ》さが、よくわかって、歯ぎしりするほど、厭《いや》だ。金魚をいじったあとの、あのたまらない生臭《なまぐさ》さが、自分のからだ一ぱいにしみついているようで、洗っても洗っても、落ちないようで、こうして一日一日、自分も雌《めす》の体臭を発散《はっさん》させるようになって行くのかと思えば、また、思い当ることもあるので、いっそこのまま、少女のままで死にたくなる。ふと、病気になりたく思う。うんと重い病気になって、汗を滝のように流して細く痩《や》せたら、私も、すっきり清浄《せいじょう》になれるかも知れない。

不潔さや生臭さ、あるいは脂《あぶら》ぎった感じに対する生理的な嫌悪感が、実に見事に表現されている。今ここで女生徒がつぶやいているようだ。もっとも現在は、こんなに細やかな言葉で自分の感情を表現するわけではない。今なら「ムカツク」一言で済ませてしまうものが、こんなに豊かなニュアンスをもった言葉で綴《つづ》られる。太宰の女性独白文体を読むことで、ずいぶんと心理的な成長を遂げることができるのではないだろうか。

太宰は「葉」の中で「役者になりたい」という一行を書いていた。「女生徒」という作品では、太宰はまさに役者になっている。それも見事な女形だ。小説家というのは、人間理解力の達人だ。しかもただ理解するだけではなくて、役者のようにリアルに演じることができなければならない。女性心理を分析するのではなく、それを内側から生きて見る力が必要なのだ。これは才能がなきゃできない。他人の感覚の内側へ入り込むようなものだからだ。

小説家は、何とも言葉にしにくい感覚を的確に言葉にする職業だ。しかもその微妙な感覚を他人の身体《からだ》に入り込んだ形で表現する。感覚と言葉、そして想像力が優れていなければできない技だ。「女生徒」のラストはこうだ。

私は悲しい癖《くせ》で、顔を両手でぴったり覆《おお》っていなければ、眠れない。顔を覆《おお》って、じっとしている。

眠りに落ちるときの気持って、へんなものだ。鮒《ふな》か、うなぎか、ぐいぐい釣糸《つりいと》をひっぱるように、なんだか重い、鉛《なまり》みたいな力が、糸でもって私の頭を、ぐっとひいて、私がとろとろ眠りかけると、また、ちょっと糸をゆるめる。すると、私は、はっと気を取り直す。また、ぐっと引く。とろとろ眠る。また、ちょっと糸を放す。そんなことを三度か、四度くりかえして、それから、はじめて、ぐうっと大きく引いて、こんどは朝まで。

おやすみなさい。私は、王子さまのいないシンデレラ姫。あたし、東京の、どこにいるか、ごぞんじですか？　もう、ふたたびお目にかかりません。

つい、「えっ？　もう二度と会えないの？」と聞き返してしまいそうなラストだ。普通なら人に話すことなどない秘密の感覚。それを自分だけが打ち明けられている。

そんなスペシャルな感覚を、太宰の作品は味わわせてくれる。生きている人間が秘密を直接自分一人に話しかける。そんな贅沢《ぜいたく》さがどんな短編にもあるのだ。自分をスペシャルな読者にしてくれる作品だからこそ、読者にとっても太宰はスペシャルな作家になる。一つ読むと次に読みたくなるのは、そのせいだ。

声に出して読みたい名文ということでは、「走れメロス」と「駈込み訴え」の二つがある。この二作品は、全文を音読で読破すべき名作だ。量もそれほど長くはないから、小学生でも一気にいける。まずは定番の「走れメロス」から、冒頭の場面。

メロスは激怒した。必ず、かの邪智暴虐《じゃちぼうぎゃく》の王を除《のぞ》かなければならぬと決意した。メロスには政治がわからぬ。メロスは、村の牧人である。笛を吹き、羊と遊んで暮して来た。けれども邪悪《じゃあく》に対しては、人一倍《ひといちばい》に敏感《びんかん》であった。

この歯切れのよさ。たまりませんね。私は『にほんごであそぼ』というNHK教育テレビの番組で、「名文かるた」を作った。そのとき「め」の項目を、「めろすはげきどした」にした。「メロス」をひらがなにしてしまうのはちょっとしたジョークだ。こんな無理を利《き》かせたくなるほど、私はこの始まり方が好きなのだ。幼児たちにもこのフレーズは人気だった。ある講演会で、「名文かるたの『め』は何でしょうか?」と聞いたら、間髪を入れずに「めろすはげきどした」と幼稚園児の声が上がった。太宰治の息のキレのよさが子どもの身体の中に住みついたようで、うれしかった。

物語のポイント、起承転結で言えば「転」の部分はここだ。激流を泳ぎ切り、山賊たちと戦い、峠を駆け下りて来たメロスは、ついに疲労の極に達する。もう走れない。「ああ、もう、どうでもいい」と投げやりな気持ちになり、うとうとまどろんでしまった。そのときだ。

ふと耳に、潺々《せんせん》、水の流れる音が聞えた。そっと頭をもたげ、息を呑《の》んで耳をすました。すぐ足もとで、水が流れているらしい。よろよろ起き上って、見ると、岩の裂目《さけめ》から滾々《こんこん》と、何か小さく囁《ささや》きながら清水《しみず》が湧《わ》き出ているのである。その泉に吸い込まれるようにメロスは身をかがめた。水を両手で掬《すく》って、一くち飲んだ。ほうと長い溜息《ためいき》が出て、夢から覚《さ》めたような気がした。歩ける。行こう。肉体の疲労恢復《ひろうかいふく》と共に、わずかながら希望が生れた。義務遂行《ぎむすいこう》の希望である。わが身を殺《ころ》して、名誉《めいよ》を守る希望である。

くじけかかった主人公が、ふとしたきっかけで希望を持ち直す。ヒーローになる定番のプロセスだが、音読していると素直に感動できる。言葉に力があるのだ。

私を、待っている人があるのだ。少しも疑わず、静かに期待してくれている人があるのだ。私は、信じられている。私の命なぞは、問題ではない。死んでお詫《わ》び、などと気のいい事は言って居られぬ。私は、信頼《しんらい》に報《むく》いなければならぬ。いまはただその一事だ。走れ！ メロス。
　私は信頼《しんらい》されている。私は信頼《しんらい》されている。先刻の、あの悪魔《あくま》の囁《ささや》きは、あれは夢だ。悪い夢だ。忘れてしまえ。五臓《ごぞう》が疲れているときは、ふいとあんな悪い夢を見るものだ。メロス、おまえの恥《はじ》ではない。やはり、おまえは真《しん》の勇者《ゆうしゃ》だ。再び立って走れるようになったではないか。ありがたい！ 私は、正義の士として死ぬ事が出来るぞ。ああ、陽《ひ》が沈む。ずんずん沈む。待ってくれ、ゼウスよ。私は生れた時から正直な男であった。正直な男のままにして死なせて下さい。

いやあ、なかなかこんなに上手《うま》くタイトルを盛り込めないものだ。盛り込もうとする作家の方が普通は照れてしまうだろう。そんな照れがちっぽけなものでしかない、ということもこの文章は訴えかけている。誰に遠慮する必要もない。自分の信じている価値に向かって、ひたすらエネルギーを放ち続けろ。そんなメッセージがビシビシ一文一文から伝わってくる。考えてみればメロスは実に自分勝手な男だ。友人のセリヌンティウスを、自分勝手な行動の巻き添えにしてしまってなんのためらいもない。このくらいの強引さがないとヒーローにはなれない。太宰当人とは似ても似つかない単純な男が、ここに輝いている。ラストの近く、セリヌンティウスの弟子が、もう間に合わないから走るのをやめてくださいとメロスに言う場面がある。それに対する力強い答えも、私は大好きだ。

「それだから、走るのだ。信じられているから走るのだ。間に合う、間に合わぬは問題ではないのだ。人の命も問題でないのだ。私は、なんだか、もっと恐《おそ》ろしく大きいものの為《ため》に走っているのだ。ついて来い！　フイロストラトス」

「人の命も問題でないのだ」ってあなた、なんだかめちゃくちゃなこと言っているようなんですが。とツッコミを入れたくなるほど、一人で突っ走っている男だ。たたみかけてくる言葉のリズムが、この強引な論理にリアリティを与えている。

言葉をたたみかける見事さという点では、「駈込み訴え」の冒頭も絶品だ。


申し上げます。申し上げます。旦那《だんな》さま。あの人は、酷《ひど》い。酷《ひど》い。はい。厭《いや》な奴《やつ》です。悪い人です。ああ。我慢ならない。生かして置けねえ。

はい、はい。落ちついて申し上げます。あの人を、生かして置いてはなりません。世の中の仇《かたき》です。はい、何もかも、すっかり、全部、申し上げます。私は、あの人の居所《いどころ》を知っています。すぐに御《ご》案内《あんない》申します。ずたずたに切りさいなんで、殺して下さい。

いきなり物語の世界に引きずり込まれる。しかもその物語をストーリーとしてそばで見ているという立場ではない。自分がお代官様にでもなって、訴えを聞いている感覚になる。これも何となくの独白ではない。読者であるはずの自分一人に直接訴えかけてくる迫力の文体だ。

太宰は短編が上手い。冒頭とラストの文章がとりわけ見事だ。一気に引き込んでしまい、途中のアップダウンの道を一気に読者を連れ回す。息もつかせないスピード感だ。しかし実際に音読してみると、実に上手く息継ぎができるようになっている。短い文章が効果的に差し挟まれているからだ。ラストはこうなっている。

ざまあみろ！　銀《ぎん》三十で、あいつは売られる。私は、ちっとも泣いてやしない。私は、あの人を愛していない。はじめから、みじんも愛していなかった。はい、旦那《だんな》さま。私は嘘《うそ》ばかり申し上げました。私は、金が欲しさにあの人について歩いていたのです。おお、それにちがい無い。あの人が、ちっとも私に儲《もう》けさせてくれないと今夜見極《みきわ》めがついたから、そこは商人、素速《すばや》く寝返りを打ったのだ。金。世の中は金だけだ。銀《ぎん》三十、なんと素晴らしい。いただきましょう。私は、けちな商人です。欲しくてならぬ。はい、有難《ありがと》う存じます。はい、はい。申しおくれました。私の名は、商人のユダ。へっへ。イスカリオテのユダ。

では次に、太宰といえばキャッチフレーズにもなっている「人間失格」にいきたい。「走れメロス」が小学生に読ませたい作品NO．1だとすれば、これは絶対に子どもに読ませたくないと思える作品だ。手記の形がとられている。相変わらず冒頭が上手い。

恥《はじ》の多い生涯《しょうがい》を送って来ました。

自分には、人間の生活というものが、見当《けんとう》つかないのです。

人間というものが見当がつかない、という感覚は普通の人間にはない。しかし、極度なストレスに陥ったときに、自分が人間社会の輪の中からはじき出されたような感覚を持つことは実は誰にでも可能性がある。他の人とどういう風に接したらよいのかわからない。そんな人は少なくないだろう。太宰は私たち皆がかすり傷のように持っている心の傷を、自ら切り開いて血を流してみせる。捨て身で、心の傷と傷をすりあわせようとしてくるのだ。

自分は隣人《りんじん》と、ほとんど会話が出来ません。何を、どう言ったらいいのか、わからないのです。
そこで考え出したのは、道化《どうけ》でした。
それは、自分の、人間に対する最後の求愛《きゅうあい》でした。自分は、人間を極度に恐《おそ》れていながら、それでいて、人間を、どうしても思い切れなかったらしいのです。そうして自分は、この道化《どうけ》の一線《いっせん》でわずかに人間につながる事が出来たのでした。おもてでは、絶えず笑顔をつくりながらも、内心は必死の、それこそ千番に一番の兼ね合いとでもいうべき危機《きき》一髪《いっぱつ》の、油汗《あぶらあせ》流してのサーヴィスでした。

道化という形でしか人とつながることができなかった人間がどうなっていったか。自分自身友人にだまされるような形で精神病院に入れられた太宰は、こう言葉を刻みつけた。

人間、失格。
もはや、自分は、完全に、人間で無くなりました。

人間を失格する。その事柄の重みが、「人間、失格」の四文字にしっかりと込められている。ラストはこうだ。


いまは自分には、幸福も不幸もありません。

ただ、一さいは過ぎて行きます。

自分がいままで阿鼻叫喚《あびきょうかん》で生きて来た所謂《いわゆる》「人間」の世界に於《お》いて、たった一つ、真理らしく思われたのは、それだけでした。

ただ、一さいは過ぎて行きます。

自分はことし、二十七になります。白髪《しらが》がめっきりふえたので、たいていの人から、四十以上に見られます。


この文章を読んでいたせいか、私は青年時代にふと風が自分の身体を吹き抜けていくような気がよくした。そのとき幸福も不幸もない。ただ一切は過ぎていくのだ、という気分を同時に味わった。それは太宰が生きた濃度の数%にしか過ぎないものであったであろうが、太宰の文章を読ますしてはわき上がらなかった感覚であった。本を読むと言うことは、新しい感覚を自分の中に生みだすことにつながる。「人間失格」は太宰治が身を投げ出して世の中に提示した命がけの問いかけであった。

太宰には滅び行くものの美がよく似合う。その美の傑作が「斜陽」だ。日本最後の貴婦人である母の優美な言葉遣いが印象的だ。私の偏愛する作品としては、『グッド・バイ』に収録されている「饗応夫人」と「眉山」がある。どちらも、人間の存在感がくっきりと浮き彫りにされた見事な作品だ。「富嶽百景」や「トカトントン」といった短編も忘れられない。こう書いていくときりがない。是非芋《いも》づる式に太宰ワールドに嵌《はま》ってみて欲しい。きっと太宰文学ならではの深みと毒を味わうことができる。

旅コラム②

小説『津軽』の旅

【三厩村から竜飛岬へ】

　青森駅から特急・白鳥《はくちょう》で蟹田《かにた》に来ても、ここから白鳥は津軽海峡線になり、海底を走り抜け函館まで行ってしまう。だから蟹田から津軽線終点の三厩《みんまや》までは鈍行の旅。車窓からヒバの山林を眺めながらの、心洗われる四〇分だ。

義経北行伝説のロマンを生み出した義経寺。

　三厩駅からは村営バスを利用する。五分ほどで義経寺《ぎけいじ》前。歩いて一〇分のところに義経寺がある。兄頼朝《よりとも》に追われて義経《よしつね》が潜《ひそ》んだという伝説のある寺だが、『津軽』には、「これは、きっと、鎌倉時代によそから流れて来た不良青年の二人組が、何を隠そうそれがしは九郎判官《くろうはんがん》、してまたこれなる髯男《ひげおとこ》は武蔵坊弁《むさしぼうべん》慶《けい》、一夜の宿をたのむぞ、なんて言って、田舎娘をたぶらかして歩いたのに違いない」と書かれている。

　しかし海沿いの国道三三九号を竜飛岬《たつぴみさき》に向かう途中、伝説の名所は続く。義経一行が北海道に旅立つ際に、危険な岩場を無事に渡れるようにと、大切な甲《かぶと》を海に沈めて海神に捧《ささ》げたという話にちなんだ甲岩。鎧《よろい》欲しさに風を起こした島の神に、義経が身につけていた鎧を捧げて海を渡ったという話から名づけられた鎧島などだ。

　『津軽』のころは、国道もバスもなく、海岸伝いの細い路を歩かなければならなかった。

「これでも、道がずいぶんよくなったのだよ。六、七年前は、こうではなかった。波のひくのを待って素早く通り抜けなければならぬところが幾箇《いくか》処《しょ》もあったのだからね」という状態だった。

「太宰治・作家」と初めて宿帳に記した奥谷旅館。現在休業中。

　岬に行き着くまえに、太宰が宿泊した国道沿いの奥谷《おくや》旅館を見にいく。小説に登場する「上品な婆《ばあ》さん」こと奥谷タンさんは亡《な》くなり、当時を知る娘の光江さんが経営していたが、後継ぎがいなくて、数年前から休業している。

　太宰の思い出が消えていくのは淋《さび》しい。そんなことを考えながら竜飛岬に到着した。年間平均風速が秒速一〇メートル以上、強風荒れ狂う津軽半島最北端の岬だ。漁港の奥に文学碑が立っている。

「ここは、本州の袋小路だ。……そこに於《お》いて諸君の路は全く尽きるのである」

　いまではその下を世界一の青函《せいかん》トンネルが走り、特急・白鳥が函館に飛んでいく。石碑に寄り添い頬杖をつく太宰クン。どんなお気持ですか？

竜飛岬にある写真入りの文学碑。この下を青函トンネルが走っている。

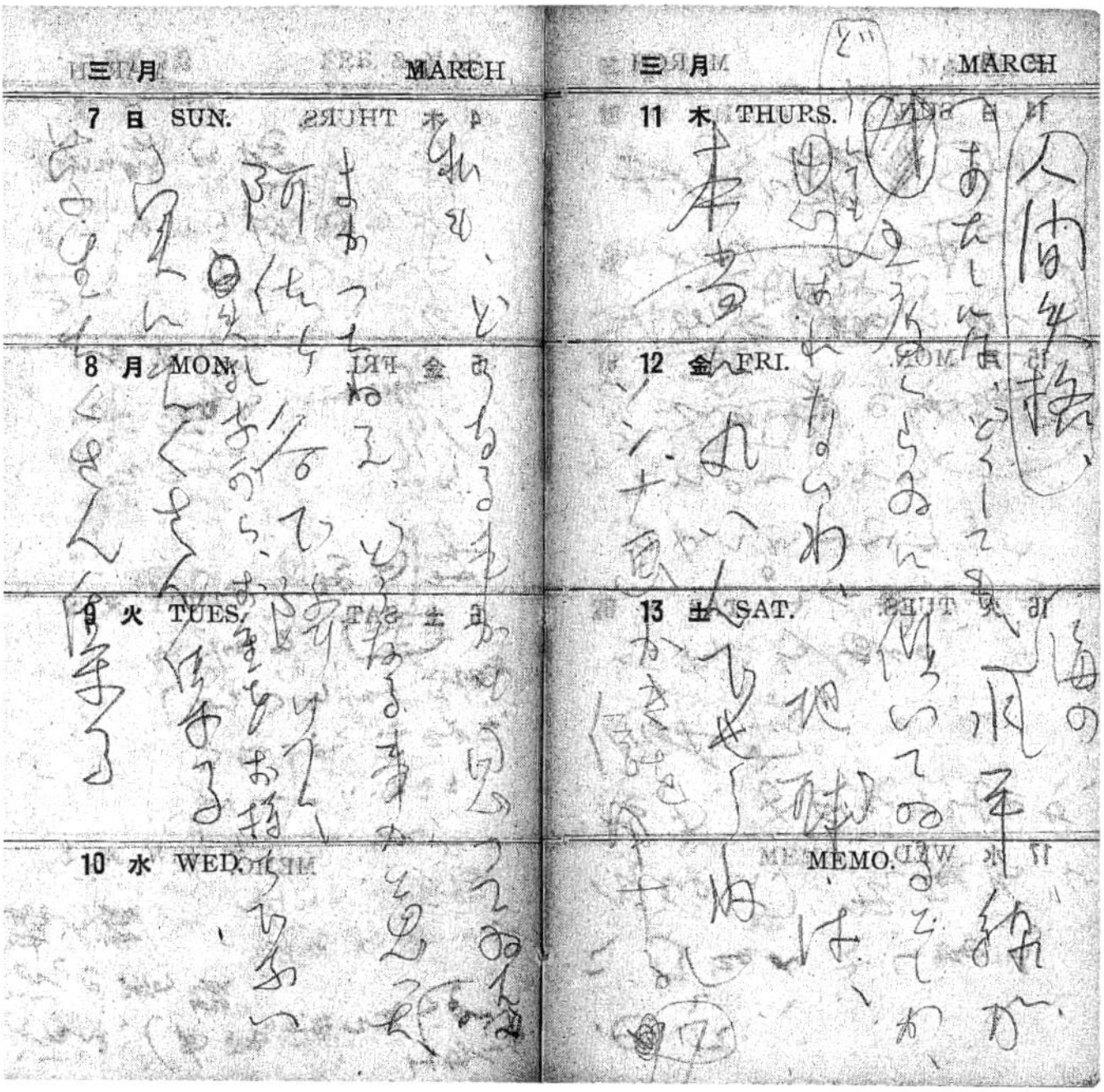

見よ、この走り書きの迫力を！

太宰治が自作の構想メモとして使っていた鎌倉文庫版「文庫手帖」の中身。昭和23年版のこの頁には、『井伏鱒二選集』第３巻「後記」にかかわるメモの一部（左側）、『人間失格』に関わると思われるメモ（右側・ただし小説に該当部分はない）が記されている。

写真提供　青森県近代文学館

私が読んだ太宰治

田口ランディ

たぐちらんでぃ 東京生れ。人間の心の問題をテーマに、幅広く執筆活動を展開。『コンセント』『オカルト』『富士山』など著書多数。

三ヶ月の間に、太宰治の作品を読み返してみた。

もちろん、この原稿を書くためである。熱心に太宰治を読んでいたのは、私がまだ思春期の頃であり、多くの作品の内容を、すでに忘れてしまっていた。

電車の中で、歯医者の待ち時間で、文庫本を取り出して読んだ。一人の作家の全作品を、順繰りに読んでいくなどということは、めったにない。いや、正直に言うと人生でたった二度目。ちなみにもう一人は安部公房だ。おととしの夏に突然に気になりだして、新潮社の安部公房全集を取り寄せて読んだ。今回は新潮文庫の太宰治を全巻、片っ端から読み倒していった。

太宰治が三十九歳の年に死んでしまったことを、改めて知った。そうか、太宰治は四十歳にならずに死んでしまったのか。私はと言えば、もうとうに太宰治が死んだ年を越えてしまっている。

太宰治を読んでいた思春期の頃に、巷《ちまた》でノストラダムスの大予言というのが流行した。その予言でいくと一九九九年にアンゴルモアの大王が地球に降りてきて人類は滅亡するのだそうだ。人類滅亡の年、私は四十歳になるはずで、なんとなく自分は四十前に死ぬかもしれぬし、それでもいいやと思っていた。四十歳など、人生の出がらしのような中年だ。三十九まで好きなことをやって楽しく生きればそれでいいや、と。

四十歳の年に、人類は滅亡しなかった。私はしぶとく生きていた。そして、その年に小説を書き始めるのだ。なんとまあ、対照的なことか。

太宰治は第二次世界大戦中のすさまじく危険な時代の中で、転々と疎開をしながら作品を書いている。多くの作品は自己の体験をもとに描かれた小説とも随筆ともわからない奇妙なもの悲しい一人語り。銀座の飲み屋のカウンターでポーズをつけている文学青年のイメージがあったのだけれど、ていねいに作品を読んでいくと太宰治の生活者としての一面など見えてきて、新鮮な発見だった。

私は「富嶽百景」という作品が大好きで、これを読むと太宰治という人は、なんと文章が上手なんだろうか、と唸《うな》ってしまう。太宰治の文章は先取りの文章だ。たとえば、私など文字を連ねることで文章を作っていこうとしてしまう。線路を走る列車のように書いてしまう。太宰は違う。何をどう描きたいのかがはっきりとイメージされていて、そのイデアに向かって言葉を色や音色のように自由に使う。「富嶽百景」など、まさに言葉の絵画だ。

この作品は昭和十八年に刊行されている。この頃、太宰の出版予定だった本が印刷所の爆撃とともに焼失。そういう時期に、こんな明るい、清々《すがすが》しい作品を発表しているこの作家はなんんだ。戦前も、戦中も、戦後も、太宰治の作品は一貫している。自己を通して人間を見つめること。人間の中の悪、人間の中の尊厳、人間の愚かさ、人間の気高さ、それを自分というもっとも卑近なフィルターを通して描き出すこと。その恐ろしいまでの冷徹さと覚悟。

魂が濃い。そう思った。太宰のどの作品も込められた魂が濃い。

中学三年生のある日、私は図書館の書棚から一冊の本を手に取った。

「人間失格」

お、あの「走れメロス」の太宰治か。あの小説はどうも好きになれなかったが、でもこのタイトルは魅力的だな。薄いし、読んでみるか。

学校帰りの公園のベンチで読み始めて、読み始めたとたんに物語の世界に引きずり込まれた。

暗いへびの穴を覗《のぞ》いたみたいな気持ちだった。ミステリアスなイントロからどきどきして、本から顔を上げることができず、悪魔に取り憑《つ》かれたように読み進み、読み終わった時はすっかり暗くなっていた。読み終わっても、一歩も動けなかった。世界がぺしゃんとつぶれたように見えた。あるいは私の頭蓋骨《ずがいこつ》がつぶれていたのかもしれない。平衡感覚が麻痺《まひ》して、足元がおぼつかない。ふらふらと夢遊病者のように家にたどりつき、その夜はご飯も食べずに布団《ふとん》にもぐりこんで寝てしまった。母親が心配して「どうしたの、具合悪いの？」と様子を見にきた。私は苛々《いらいら》と怒鳴った。

「大丈夫、なんでもない！」

そして、ただもう何かに堪えるように、歯を食いしばってじっとしていた。

ショックだった。

本を読んで、あれほどショックを受け、動揺したのは初めての体験だった。

私は一週間くらい具合が悪かった。放心状態で、なにも手につかない。胸苦しくて、息ができない。世界がモノクロ画面になっちゃったみたい。どうしていいのかわからない。もどかしい、せつない、私、どうなっちゃったの？

自分が本を読んでこんなに衝撃を受けるとは思ってもいず、自分に起きたことをどう処理していいかわからなかった。

この主人公は、自分と似ていると思った。

私はまさにこの主人公といっしょだ。自意識過剰で、そのくせ他人のことが怖くてたまらない。いったい他人は何を考えているのか不安でしょうがない。クラスの中でも、一生懸命にみんなに合わせようとしているけれど、自分だけが浮いているような気がする。ときどき、自分の考えはみんな他人にわかってしまっているのでは、と思えて気が狂いそうになる。そうだ、私の考えてることは他人にはお見通し、それなのに私は他人がぜんぜんわからない。どうしてみんな、あんなに自信満々に生きているんだろう。どうやって他人と話を合わせて疲れずに生きていられるんだろう。どうして、ああして人を傷つけても仕返しされないと信じているんだろう。わからない、わからないけれど、なんとか生きてきた。かろうじて、生活している。クラスメイトに合わせるために小さなウソを重ねながら。

「昨日のさあ、〇〇、観《み》た？」

観てやしないのに「あ、観た観た」と口を合わせてしまう。そして、そういう小ウソがバレないかと、年がら年中冷や冷やしている。それが私。そういうのが私。まるで「人間失格」の主人公にそっくりじゃないか。

中学時代の三年間は、楽しかったけど、辛《つら》くもあった。

なにが辛かったのか、言葉にするのは難しい。いろんなことが辛かった。自分の気持ちをコントロールすることができない。ちょっとしたことで不安になる、脅《おび》える。他人が気になって仕方がない、その反面、ものすごく傲慢《ごうまん》。友達といっしょにいたい。友達と仲良くしたい。仲間外れはいや。それなのに他愛ない言葉で、友達がイヤになったりする。

大人の言うことに腹が立つ。特に親。親に大人のえげつなさを見てしまう。そして反抗する。軽べつする。だけど、親がいてくれないと困るし、親にまだ甘えたい。甘えながら反抗する。自分でも理不尽だなと思う。親が文句を言うとカチンとくる。親は私の気持ちを全然わかってないと思う。自分中心、私は子供だから親が私のために苦労するのは当然。親に甘えるのも当然。自分の人生は自分のもの。やりたいようにやりたい。だけど怖い。やりたいことがわからない。自分ってもしかしてすごいかも。私って才能あるかも。才能あるって言ってほしい。認められたい。認めてほしい。そのくせ、自信がない。おだててほしい。もちあげてほしい。私を拾い上げてほしい。私は「えーやりたくないよ、どうでもいいよ」とええかっこしていたい。いやいやながら、大事にされたい。

ああもう、とてつもなく醜い自意識のお化け。他人のちょっとした言動が気になる。コンプレックスに身もだえる。小さな言葉にぐざぐざ傷ついて、他人を恨む。憎む。そういう自分を激しく自己嫌悪《けんお》する。みんな好きになりたい、愛ってなんだろう、真実ってなんだろう、生きるってどういうことだろう。真剣に考えるけど、わからない。いつもジェットコースター、上がったり下がったり。はみ出すのが怖い。みんなで笑っていないと不安。楽しいけど緊張してる。どの自分がほんとの自分なのかわからない。

そういう思春期の私と、「人間失格」の主人公はシンクロしてしまったのだ。見事に。そして、私は「人間失格」に深く深く感情移入してしまい、あまりのやりきれない結末に精神不安定に陥ってしまったのだった。

私って、こういう人間だったのか。私も変なのだ、人間失格なんだ。真剣にそう思った。

もう、この時点で、太宰治という作家にぐるぐると人間風車のごとく投げ飛ばされてノックアウト、であった。

太宰治は、「人間失格」を書いた後に、玉川上水に入水《じゅすい》自殺してしまう。それほど好きだったとも思えない女の人といっしょに、心中してしまう。なぜに、と思う。思春期の頃はわからなかったけれど、いまは、太宰治が死んでしまった理由がなんとなくわかるような気がしている。

改めて「人間失格」を読み返して、三十九歳の若さでこれを書いたら、死ぬかもしれないと思った。この作品には、太宰治の魂がこもりすぎている。作品にすべての魂を込めてしまったら、もう日常を生きていくことなんてできやしない。自分が空っぽになってしまうから。太宰治の作品は、もちろん文章としても素晴らしいけれど、特筆すべきなのは、作品に自分の命を注ぎ込んでいるところである。こんなふうに、作品に自分を投影し続けたら、空っぽになってしまう。

ああ、きっと原稿を書き終えた太宰は、自分が生きているとも死んでいるともわからなくなったのだ。それほど精魂込めて書いたのだ。そんな作品を描けることは不幸なのか幸福なのか私にはわからない。でも、書いている間だけは、作家はこのうえなく幸せだったろう。触れれば血の出るような研ぎ澄まされた精神で、緻密《ちみつ》に大胆に自己の裡《うち》なる世界へ沈んでいく、そういうそら恐ろしいような快感があるのだろう。

「人間失格」が時代を越え、読む人間を揺さぶり驚愕《きょうがく》させ続けるのは、太宰の反逆の魂が作品に転写されているからだと思う。

旅コラム③　天下茶屋を訪ねて

太宰の好短編『富嶽百景《ふがくひやつけい》』（『走れメロス』所収）で一躍有名になった天下《てんか》茶屋は、彼が再起を期すため、昭和一三年初秋、井伏鱒二の紹介で滞在した茶屋だ。山梨県河口湖の北部に聳《そび》える御坂《みさか》山塊の中腹にあり、茶屋の標高は一三〇〇m。旧御坂トンネルを甲府側からくぐり抜けると、すぐ左手に建つ。富士の頭しか見たことがない甲府の人々にとって、ここからの富士の眺めは「天下第一の絶景」だったことから、天下茶屋の名が付いたという。

　昔は、甲府と静岡を結ぶ街道はここしかなく往来も激しかったが、今は「御坂みち」と呼ばれる観光道路となり、ドライブやハイキングに適しているという。一〇月の中旬、紅葉《もみじ》狩りを兼ねて天下茶屋ハイキングに出かけた。

　東京を出発し、大月駅で富士急行線に乗り換えると、ホームに見慣れない電車が停まっていた。これは「フジサン特急」と呼ばれる列車で、わずか三両編成だが、グリーン車並みのゆったりした座席が実に心地よい。展望車も連結し、スイッチバックする富士吉田か

舗装道だが、ムードのある「御坂みち」。

らは富士山の大展望が楽しめるはずだ。特急券三〇〇円はとても安い。

河口湖駅からは、甲府駅行きのバスに乗り、約二〇分で三《み》ツ峠《とうげ》入口のバス停に着く。途中、河口局前というバス停を通るが、太宰も当時、茶屋からここまで歩いて郵便物を取りに来ていた。バス停から道路を横断して右に折れると「御坂みち」に入る。舗装道だが車の往来も少なく、下を流れる西川の瀬音が気持よい。

茶屋の二階にある太宰の記念室。

沿道は雑木に覆《おお》われ、その向こうには三ツ峠の山裾《やますそ》が広がる。富士は望めなかったが、その分、この付近の紅葉は見事だった。一時間一五分で三ツ峠登山口のバス停を過ぎ、さらに一〇分ほどで天下茶屋に辿《たど》り着いた。標高差約三〇〇ｍの初心者向きハイキングだ。

天下茶屋は南面が大きく開け、晴れていれば雄大な富士の姿を望めるはず。曇っていても、河口湖が雑木林の向こうに大きく広がっていた。茶屋の二階が太宰の記念室になっており、滞在当時の部屋が復元されている。彼が使った火鉢《ひばち》や徳利、卓袱台《ちゃぶだい》もある。部屋から富士を眺めれば、来た甲斐《かい》があったというもの。狭いけど太宰に似合った部屋だった。

山登りが好きな方は、天下茶屋から御坂山（一五九五ｍ）、御坂峠を歩き、三ツ峠入口へ戻るコースを歩くといい。約三時間。

島内景二

【しまうち・けいじ】

1955年長崎県生れ。東京大学大学院修了。国文学者。『文豪の古典力』『歴史小説真剣勝負』など、新視点から日本文学の全貌に肉薄。電気通信大学教授。

評伝　太宰治

ぼくらと等身大の文豪

【誰か、太宰の素顔を見た人はいないか】

太宰治は、好きですか？ この質問に対する読者の返事は、はっきりと二つに分かれる。「太宰文学は、ハシカのようなものだ」という名言がある。ここにも、プラスとマイナスの評価が交じっている。熱中した後で、ケロリと忘れるのだから。「小説は魅力的だが、人間としては困ったちゃんだ」という人もいる。これほど本気で好かれたり嫌われたりするのは、彼がぼくらに身近な存在だからだ。

太宰の小説には、強烈な現代性がある。とても、五〇年以上も前に書かれた作品だとは思えない。作者の肉声が耳もとで聞こえてくるし、その顔つきや口つきまでがありありと目に浮かぶ。作者の存在感が圧倒的なのだ。だからこそ、親近感を抱く人と、反発する人とに分かれてしまうのだろう。

太宰治の顔は、端正である。ちょっと鶴田浩二や松方弘樹と似た顔立ちだから、役者になれたかもしれない。舞台俳優を目指す青年を描いた『正義と微笑』という小説もある。戯曲も書いた。太宰は、演劇に強い関心をもっていた。

そう、太宰は「人生という舞台の名優」だった。いや、「怪優」だった。彼は、どういう役でもこなした。十八番は、「道化」「死にたがり屋」「酒に呑《の》まれる男」「薬物中毒患者」「敗北者」「家庭を顧みない男」「女癖の悪い男」……。また、「金持ちのボンボン」「田舎のお上りさん」「ボスに反抗する勇気ある青年」など、何でも演じられた。怪人二十面相のようでもあるし、七つの顔をもつ多羅尾伴内《たらおばんない》のようでもあった。

弘前《ひろさき》高校時代に下宿で撮った写真は、まるで百面相。小説家には、三島由紀夫のようにすごい目力《めぢから》でレンズをにらみ付け、気迫で読者を威圧するタイプもいる。でも、カメラの前でポーズを構える太宰は、サービス満点。他人を喜ばせるためには、どのようにでも自分の顔を変えてくれる。気が弱く、シャイなのである。

でも、それが計算ずくの作戦だったとしたら？　自分の素顔を隠し、他人をあざむくための太宰のマジックだったとしたら？　「太宰治は私だ！」と告白する若者は、無数にいる。そういう彼／彼女らは個性的で、まさに千差万別。でも、みんなが口々に「太宰は、ぼくだ。いや、ぼくが太宰だ!」と叫んでいる。一人一人の読者に応じて、太宰が違う顔つきを見せているからだ。

だから、本当の太宰治の顔を見た人は、少ない。病弱だったと言われるが、あれほどの質量の全集を残したのだから体力は相当にあったはず。一日に一枚の原稿がやっとだったという噂《うわさ》もあるが、朝六時には机に向かって執筆していたとも言われる。作家には夜型が多いが、勤勉な太宰は早起きして原稿用紙と格闘していた。その一方で、夜の酒場ではだらしなく呑んだくれた。刻苦勉励型のまじめな顔と、「家庭の幸福は諸悪の本《もと》」と言ってのける悪父・悪夫の顔。

太宰は、顔の表情だけでなくて、いろいろな声色まで使い分けた。キリストを売るユダの嫌らしい声から、カストラートのような声まで、幅広い音域の声が出せる一流の声優でもあった。中でも、『斜陽』のように若い女の声音《こわね》を出すことを、得意中の得意とした。それだけ「変身願望」が強かったのだろう。あるいは、「本当の自分」の顔と声を隠したかったのだろう。

【心中という「愛のかたち」はあるか?】

太宰は、明治四二年六月一九日に、津軽(青森県西部)で生まれた。昭和二三年六月一三日に愛人の山崎富栄と三鷹《みたか》の玉川上水に入水《じゅすい》して、心中した。二人の遺体が発見されたのは、六月一九日。生きていたならば、この日が太宰の満三九歳の誕生日のはずだった。太宰の命日の「桜桃忌《おうとうき》」は、この六月一九日の誕生日に行われる。

驚いてはいけない。太宰という男には、三九年の人生の間に、自殺未遂と心中未遂が合計四回もある。そして、五回目で死んだ。二回の自殺未遂は、それぞれ薬物と首つりを試して失敗している。心中未遂は、二回。一回目は女だけ死んで、太宰だけ生き残った。二回目は、二人とも死ななかった。最後となった心中は、必ず二人で死ねるように、男と女の体が紐《ひも》で結んであった。太宰は、自分という人間を破壊したかったのだ。

心中は、「情死」とも言う。日本人は、昔から男と女の恋愛に寛容だった。でも、それは程度問題。太宰の場合は、三回も心中しようとしたのだ。世間の常識では測れない。そもそも、「心中」というのは、愛ではない。今から千年以上も前に、『伊勢《いせ》物語』は日本人の愛のかたちを全部集めて、リストアップしてくれた。「お后《きさき》様との不倫」「神仏を恐れぬ愛」「おさななじみとの恋」「年齢の差を乗り越えた恋」「シティ・ボーイと田舎娘」「兄と妹などの近親愛」「妻がありながら愛人を作る男」「夫の愛が信じられなくて、別の男のもとへ走る女」「職場恋愛」「親友の妹との恋」「恋をうちあけられず、恋いこがれて死ぬ乙女」など。まさに、愛のカタログだ。

親から身分違いの下女との結婚を猛反対された息子が、死ぬ覚悟で愛を貫くストーリーも、『伊勢物語』にはある。これを現実にやろうとして父と対立したのが、志賀直哉《なおや》。だが、「あの世で結ばれようとして、男と女が一緒に死ぬ」という愛のかたちは、『伊勢物語』にはない。天国で結ばれてもつまらない。生きて、この世で愛し合うのが、本当の「恋」だ。恋愛は、破壊ではなく、「生の創造」なのだから。

心中が捨て身の「愛のかたち」となったのは、江戸時代の近松門左衛門あたりから。その近松が、高校生の頃の太宰の愛読書だった。読んだ本の影響を受けたのではなく、破壊願望をもてあます自分とぴったりの本と出会ったのだろう。そして、さびしがり屋で臆病《おくびょう》な太宰は、自分と一緒に地獄へ堕《お》ちてくれる（あるいは天国に昇ってくれる）相手を求めて、女性遍歴を始めた。

太宰が青森中学に入学した大正一二年、有島武郎《たけお》が情死している。「白樺《しらかば》派の良心」とまで尊敬された人が心中したので、世間は驚いた。昭和二三年、「無頼派」「破滅派」の旗手だった太宰の心中は、世の中をあきれさせた。そして、「なぜ、ここまでするのだろうか」と、人々の心を不安にした。

【斜陽館は、津軽の竜宮城】

自分だけでなく、すべてを壊したいという本能に苦しんだ太宰治。彼は、青森県北津軽郡金木町（当時は金木村）で生まれた。曾祖父《そうそふ》は、一代で巨富を築いた成金だった。太宰の生家は、一階が五〇九㎡、二階が三三〇㎡もある大豪邸。まるで竜宮城だ。太宰治、本名・津島修治は、「竜宮城の王子様」として誕生した。放蕩《ほうとう》息子の太宰でも、さすがにこの竜宮城は壊せなかった。だが、戦後の農地改革によって、今は津島家の手を離れた。「斜陽館」という観光名所となっている。

竜宮城は、都にはない。「異界」とか「異郷」とか呼ばれるこの世ならぬ世界にある。昔から、ヒーローは「都」で生まれるものだ。そして、世界の中心で愛を叫んだものの、見事に挫折《ざせつ》する。そして、異界へと傷心の旅に出る。地の果ての竜宮城で、「異人」たちと遭遇し、宝物をもらって生まれ変わる。そして、都へと凱旋《がいせん》してくる。

竜宮城の王子様である太宰は、生まれながらの「異人」だった。彼は、ヒーロー伝説の主人公にはなれない。なぜなら、最初から「都人」ではないのだから。太宰は、都の人たちに宝物を授ける立場なのだ。

『西遊記』と言えば孫悟空が有名だが、この話に竜宮城の王子様が出てくるのを思い出してほしい。親から勘当されたドラ息子である。だが、彼は観音様のすすめで三蔵法師という「良き師」とめぐり会い、白馬に変身する。そして三蔵法師の冒険に協力したごほうびに、勘当を許される。一方、不始末ばかり起こした太宰は、父の死後に家を継いでいた長兄を怒らせ、義絶される。勘当されたのだ。その太宰は、後に「井《い》伏鱒二《ぶせますじ》」という師と出会う（名作『山椒魚《さんしょううお》』『黒い雨』の作者）。この井伏が、三蔵法師の役割を果たせたかどうか。

でも、どんなに苦労しても異人は異人。異人が無理に人間になろうとすれば、あの「人魚姫」の悲劇が待ち受ける。太宰治は、結局「異人＝竜」として一生を終えた。竜の目からこぼれ落ちた涙。それが、太宰の小説である。その涙が、若者の心のアカをきれいに洗い落としてくれる。

ちなみに、竜王のように金木町に君臨した父・源右衛門《げんえもん》は、養子だった。この竜宮城は、女系が実質的な支配者だった。そういえば、昔話の『浦島太郎』でも乙姫様《おとひめ》がいるだけで、その父親の竜王の姿はない。大人になった太宰が「女性心理」の描写を得意としたことも、子どもが三人もいる家庭の中に「父としての自分の居場所」を見つけられなかったことも、この幼児体験が影響しているかもしれない。

太宰は、「竜女」タイプの女性に取り囲まれて育った。それが、彼のその後の女性運を左右した。特に、心中した相手の山崎富栄。彼女は「魔性の女」タイプであり、まさに竜女。玉川上水の底に沈んだ二人の魂は、水路を伝って海に出て、遠くの竜宮城までたどり着けただろうか。

【ぼくの母親は、誰なの？】

太宰は、津島源右衛門と「たね」の間の子。一一人きょうだいの一〇番目。一一人のうち二人は、若死にしている。太宰の他には、三人の兄、四人の姉、一人の弟がいた。祖父は三五歳で亡《な》くなったし、太宰のすぐ上の兄も、二七歳で死んでいる。弟は、一七歳で病死。「夭折《ようせつ》の家系」というわけではないが、「長命の家系」でもなさそうだ。

母は病弱だったし、衆議院議員として活躍する父と共に東京の別宅にいることが多かった。太宰は、叔母の「きゑ」に育てられた。子守の「たけ」とも、なじんだ。ここで、奇妙な「血統妄想」が生じる。自分の本当の母親は叔母の「きゑ」ではないか、という疑いである。後に太宰は、子守の「たけ」と涙の再会を果たす。名作『津軽』のクライマックスだ。『津軽』には書かれていないが、太宰はしつこく「ぼくの本当の母親は誰だ」と食い下がったらしい。三四歳の大人が、だ。

地方の名門大家族に生まれた太宰も、父母の愛には恵まれずに育ったのだろう。兄たちと自分は、性格も顔つきも違う。種（＝父親）か腹（＝母親）のどちらかが違うのかもしれない。いや、きっとそうだ。こういう血統妄想を感じるのは、自意識過剰の少年少女である。はたから見ると彼らはとても幸福なのに、なぜか幸せでないと思いこむ。数少ない「不幸の種」を身のまわりから見つける名人なのだ。そして、「傷ついた自分」を守るために、自分には秘密の父母がいるという「物語」を作りあげる。そして、未来のある日、突然に運命的な恋をして救われる、という「救済願望」のトリコにもなる。

とにかく、ふつうの生き方をしたくないのだ。というか、平凡で常識的な生き方など、したくてもできない。とてつもない悲惨、とほうもない栄光。太宰は、処女短編集『晩年』の巻頭に、ヴェルレエヌの詩を掲げた。「撰《えら》ばれてあることの／恍惚《こうこつ》と不安と／二つわれにあり」。

【学校教育のラインから、落っこちかける】

小学校時代の太宰は、文句なしの秀才だった。ここまでは、快調なスタート。ところが、兄たちが学業不振で弘前中学を中退したために、その失敗を繰り返さないようにという配慮から、父は「余計なお世話」をした。首席で尋常小学校を卒業した太宰に、一年間別の高等小学校で「学力補充」せよと命令したのである。兄たちとは違う非凡な息子の能力を、まるでわかっていなかったのだろう。

秀才は、「飛び級」するのが当たり前なのに、無理に留年させられたのだ。何という屈辱。一年遅れで青森中学に進学した太宰は、正規のカリキュラムでは五年かかるところを、一年早く修了しないとプライドが許さない。そのためには、四年生で弘前高校に合格しなければならない。自分が「失格者」になりかけたことを太宰が自覚したのは、これが最初だったかもしれない。

だから、中学時代は必死に勉強したはずだ。その一方で、文学に目覚め、クラスメートたちと同人誌を発行した。その表紙を太宰が描いているが、なかなかの水準。漱《そう》石《せき》の南画や芥川《あくたがわ》の河童《かっぱ》の絵も見事だが、太宰の絵画とデザインの才能も突出している。太宰が後に師事した井伏鱒二にも、画才があった。文学は、総合芸術なのだ。現代でも、イラストレーターの肩書をもつ作家はいる。

さて、太宰の同人誌活動は、実に活発。文学少年にして、なおかつ学校教育の秀才を維持するのはむずかしい。だが、太宰は勉学と文学を両立させた。中学生の頃は下宿生活だったが、実家の津島家で働いていた女中に初恋をした。「身分違いの恋」のパターンであるが、結ばれることはなかった。

【元秀才が自殺未遂を起こすまで】

人間はどんなに破壊願望が強くても、秀才として振る舞えるうちは、ブレーキが利《き》く。ところが、「元秀才」に転落したとたん、もって生まれた破壊願望がむくむくと頭をもたげてくる。

青森中学をめでたく四年で卒業し、弘前高校に三八人中の六番で入学した太宰だったが、二年生の時には三五人中の三一番。あっという間に、劣等生となった。ただし、英作文は得意。『斜陽』では、ヒロインが恋人の「M・C」を、「マイ、チェホフ」「マイ、チャイルド」「マイ、コメデアン」などと呼び変えている。東大英文科卒の漱石や芥川とは比べられないが、英語でも遊べるだけの力はあった。

太宰の破壊願望がめらめらと燃え始めたのは、弘前高校一年の一八歳の時。この年に起きた芥川龍之介《りゅうのすけ》の自殺にショックを受けたためと言われている。元芸者の女から義太夫《ぎだゆう》を習い、青森で芸者遊びを始めて初代という人気芸妓《げいぎ》と親密になり、マルクス主義にかぶれて左傾化し、大地主である津島家の横暴と堕落を告発する小説を書いた。マルクス主義に接近したのは、思想的というより、「自分を認めない生家を壊したい」「自分を劣等生扱いする国家を転覆させたい」という破壊本能のなせるわざだろう。

それが、二〇歳の最初の自殺未遂へとつながってゆく。定期試験の前日のこと。破壊願望が、自分にも向けられた。家や国を壊すだけではなく、「落第生になるかもしれない自分自身」すらも破壊したかったのだ。でも、これから何度も繰り返される「自殺未遂」と「心中未遂」では、彼が一命を取り留めたという点が大切。本当は、最後の一線で「生への執着」があって、誰かに助けてもらいたかったのではないか。歌舞伎《かぶき》の『勧進帳』の世界だ。あるいは、昔話の世界だ。

たとえば、いじめられっ子が死を覚悟して、水に飛び込む。ここで終わらないのが、文学のありがたいところ。通りかかった漁師や宗教者が助けてくれて、息を吹き返す。それが、彼（彼女）の新生・再生となる。太宰は、すべてを破壊したいと思う一方では、「救いの手」を待望していた。でも、観音様や三蔵法師のような人との出会いは、なかなか訪れない。

とにかく、弘前高校の三年間は、ハチャメチャだった。「酒池肉林」、あるいは「杯《はい》盤狼藉《ばんろうぜき》」そのもののランチキ写真が残っている。前列に教授が二人座っているが、学生たちの悪ふざけをたしなめるでもなく、一人はパイプをくわえてポーズを取る始末（演劇の専門家だった）。そういう教授たちの真後ろで好位置をキープして、先生たちに必死に自分を認めてもらおうとしている太宰。でも、先生たちの目には、「悪童の一人」としか映らなかったことだろう。

この時期に、太宰が筆名で書いた「習作」が、今でも新たに発見されている。実にこまめに書いたものだ。この頃には、すでに文学と勉学とが両立できなくなっていた。なぜか、後味の悪い小説が多い。そう、『走れメロス』や『富嶽《ふがく》百景』などの一時期を例外として、太宰は後味の良くない小説を書くことを恥じなかった。

【中退覚悟で、東大仏文科に入る】

それでも、正規の三年で弘前高校を卒業させてもらえた。旧制高校は、帝国大学への準備期間である。劣等生の太宰は、大胆にも天下の東京帝国大学を目指した。全国から集まる秀才たちと一緒に入試を受けたら、まず合格は不可能。だが、抜け穴があった。もともと、就職口の少ない文学部には、志望者が少ない。中でも、例年のように定員割れを起こして、無試験で志望者を全員受け入れてくれる学科があった。それが、「東大仏文科」。太宰は、高校時代にはドイツ語のクラスにいて、フランス語はまったくわからなかったにもかかわらず、東大生になりたい一心で、仏文科を志望する。ところが、その年には運悪く入試があった。結果は、お情けで入れてもらえた。運の強い男である。

太宰は既に、「小説家として立つ」という強い覚悟を固めていたのだろう。講義には出席しないが、在籍できるだけねばりにねばる。生家にはまじめに学業に励んでいると嘘《うそ》をついて、学費をせびりにせびる。その間に、小説家として世間に認められたい。卒業できなくても、「東大仏文科中退」という肩書きは、なかなかオツなものだ。少なくとも、「東大国文科中退」（谷崎潤一郎）よりはカッコイイ、というのが太宰の計算。

「中退者」になる運命を決意した時点で、太宰は「平凡な人間」たちが望む美しい人生のストーリーをあきらめた。「下りた」のだ。自分が「異人」であること、「異人」でしかないことを、痛いほどに自覚したのだろう。「起承転結」や「序破急」の予定調和の人生なんて、つまらない。そのため、これからの彼の人生は、「転転転転」あるいは「破破破」という型破りのものとなる。まるで、『インディ・ジョーンズ』の冒険活劇を見ているような感じで、太宰は絶えず転落しつづける。はい上がっては落ち、はい上がっては落ち。とうとう、巨大なアリ地獄にはまってしまう。竜宮城の王子様には、やはり海底や地底がふさわしかったのか。そのアリ地獄は、あきれるほどに大きくて深かった。そして、一人では不安だったのか、必ず女を道連れにした。

昭和五年四月に二〇歳で東大生となった太宰は、青森からなじみの芸妓の初代を呼び寄せ、すったもんだの後に、同棲《どうせい》する。天下無双の剣客たらんとする青年が、妻と一緒に武者修行の旅をするようなものだ。これでは、ロクな文学修行はできない。カリキュラム上では三年後の昭和八年に卒業しなければならないところを、昭和一〇年九月に授業料未納で除籍されるまで、がんばって五年半「東大生」を演じた。それで、小説家として認められたらよかったのだが、昭和一〇年には第一回の芥川賞をもらい損ねた。小説のレベルではなく、人間性が批判されたのだ。

太宰は「勉学するつもりはない」が、「東大生」。「田舎者」だが、「裕福」。長兄の「スネかじり」だが、「妻帯者」。いくつもの顔を使い分ける得意技を、またまた発揮している。

この頃、天才肌の「お上りさん」と言えば、山口から上京した中原中也がいる。詩人の中也は、太宰より二つ年上で、東大仏文科の秀才・小林秀雄たちと交流していた。中也と太宰は、飲み屋でなぐりあいの喧嘩《けんか》をしている。中也の挑発のペースに、まんまと太宰がハマってしまったのだろう。

【竜宮城の王子様の冒険】

太宰は、昔話が好きだった。それが『お伽《とぎ》草紙』などの名作に結実する。だから、昔話を使って、「竜宮城の王子様」としての太宰の人生を振り返っても、太宰からは叱《しか》られまい。『西遊記』の白馬が、三蔵法師との出会いを求めていた、という話はすでにした。だが、それとは別の昔話もある。

竜宮城の王子様が、人間の世界に興味と期待をもってやってくる。待ち受けているのは、人間世界の悪童たち。よってたかってリンチされ、血まみれの重傷を負う王子様。そこに、親切な人間が現れて、お金で買い取って命を助けてくれる。そのうえ治療までしてくれて、故郷へ帰してくれた。王子様は、恩人へのお礼として、竜宮城の宝物をプレゼントする。

津軽から東京へ出てきた太宰を待っていたのは、共産党の活動家たち。政治活動でぼろぼろになった太宰を救ったのは、長兄。不祥事をお金で解決してくれたのも、長兄だった。意外なことに、三蔵法師は長兄だったのだ。

だが、太宰は故郷の津軽へ帰れなかった。ここから、昔話と太宰の人生が分かれる。東京に残ることで、太宰はさらに傷つく。ウルシの木の傷口から樹液がしたたるように、太宰の魂の傷口から宝物のような「名作」があふれ出てくる。その恩恵は、兄たちも受けている。現在でも津島家が名望を集めているのは、津島家代々の伝統の力だろうけれども、「太宰治の親戚《しんせき》」という文化的プレミアも味方しているのではないか。太宰なりの「恩返し」は、しているのだ。

だが、太宰の吐きだした宝物は、津島家だけでなく、人生に苦悩するすべての人々の治療薬になる。太宰を嫌いな人から見たら、ヘドのような汚物ないしガラクタだろう。このウルシに、かぶれてしまう人もいる。そういえば、三蔵法師が男なのに妊娠した時に、竜宮城の王子様が変身した白馬は、オシッコをする。孫悟空はそれで薬を作って、三蔵法師のお腹《なか》をすっきりさせる。太宰のミジメな人生からしたたり落ちた小説が、なぜか読者の心を癒《いや》すのだ。これは、奇蹟《きせき》だ。

【大学生活の収支決算】

足かけ六年間の「大学生時代」には、何があったか。その収支決算表を作成してみよう。

①　井伏鱒二や佐藤春夫と出会って、弟子入りできた。反マルクス主義の文学者である井伏鱒二に、共産党活動をした太宰が師事したのは、奇妙と言えば奇妙。

②　「太宰治」というペンネームを使って、本格的な作家活動を始めた。

③　昭和一一年刊行の『晩年』に収められた初期の秀作短編群を量産した。

④　檀《だん》一雄（代表作『リツ子・その愛』『火宅の人』）らと文芸誌『日本浪曼派《ろうまんは》』に参加した。仲間の亀井勝一郎（代表作『大和古寺風物誌』）は、東大中退、共産

党活動からの転向という共通点があり、後に三鷹に住んだ点も太宰と同じ。
⑤　短編『逆行』が芥川賞の次席となった。
ここまでが、大学生時代の黒字（プラス）。これから先は、赤字（マイナス）。黒字と同じ数だけ、挙げよう。
①　共産党活動に参加するが、転向して脱落した。
②　青森の芸妓初代を上京させ、彼女との展望のない同棲をした。これは、ちょっと森鷗外《おうがい》の『舞姫』を思わせる出来事ではあった。「身分違いの恋」というパターンが、太宰はよほど好きだったようだ。ただし、太宰はいつも「身分の高い方」の役を受け持つ。女中さんから見た雇い主、芸妓から見たお客さん、小説家志望の女性から見た文壇の大家、というように。
③　銀座の女給と心中未遂を起こした。鎌倉で、女だけが死んだ。この事件は、初代との結婚の直前に起きている。こうなると、太宰は初代との結婚を本当に望んでいたのか、見当もつかない。望んでいないのに、望んでいるフリをしてきたのか。太宰の本心は、謎《なぞ》。さて、心中相手の女給の名は、田辺あつみ（本名、田部《たなべ》シメ子）。写真で見る限り、太宰をめぐる女たちの中で、ダントツの美女。彼女は、芸術家志望のボヘミアン青年と同棲していたらしい。死にたがっている男

と女が、偶然に出会い、引かれ合ったのだろうか。

④ 一人で自殺未遂を起こした。場所は、鎌倉山。大学をサボっていることが生家にばれ、仕送りが断たれそうになり、就職試験にも失敗したため。首つりを図って、失敗した。

⑤ 腹膜炎の痛みをやわらげるために、薬物中毒となった。

大学に入った年に心中未遂、大学を除籍された年に自殺未遂。事件というか、不始末をしでかすたびに、青森の長兄に迷惑をかけた。長兄には、学費の仕送りをつづけてほしいと懇願する手紙を、何度も書いた。この「哀れみを請《こ》う」姿勢は、芥川賞の選考委員だった川端康成や佐藤春夫に「芥川賞を下さいませ」と懇願する卑屈な内容の手紙と同じである。プライドも何もあったものではない。それが肉親には通じるが、赤の他人には通じないことさえ、太宰にはわからなかった。

目上の人への心からの哀願が受け入れられなかったら、思い切ってケツをまくるのが太宰の得意技。今度は態度が一変する。「窮鼠《きゆうそ》、猫を噛《か》む」のことわざ通りに、「何を偉そうに。そういうあんたは、何なんだよ」という捨て身の猛攻となるのだ。痛快と言えば、痛快。志賀直哉も、太宰から思いがけない喧嘩を売られた被害者だった。

【太宰治というペンネーム】

「太宰治」というペンネームを使い始めたのは、昭和八年。二四歳からである。それ以前は、本名の津島修治をもじった「辻島衆二《つじしま》」や、いかにも労働者風の「小菅銀吉《こすげ》」「大藤熊太《くまた》」などを用いていた。「山本周五郎」や「綿矢りさ」方式で、友人知人の名前を借用したこともあった。

「太宰治」の由来は、本人の説明でも一定していない。だから、不明である。まず、地名説。「太宰府」は、かつて九州を管轄《かんかつ》した役所の置かれた場所である。次に、古代の人名説。『万葉集』を代表する歌人・大伴旅人《おおとものたびと》も太宰府に赴任しているが、彼の肩書きは「太宰帥《だざいのそつ》」だった。代表作は、「酒を讃《ほ》むる歌」。酒好きだった太宰は、それに憧《あこが》れて「太宰」と名のったとも言われる。その他、同時代の人名説もある。津軽弁に苦しんだ太宰が、なまらずに発音できる数少ない人名だったという説、すべての価値を否定する破壊的な芸術運動「ダダイズム」のもじり説などもある。

おそらくそれほど深い考えもなしに名のった名前だったが、名作を続々と発表し、芥川賞の候補に二度もなったりしたので、その名前で最後まで押し通したのだろう。「伝説」を作るのは、芸術家の得意領域だから、ペンネーム伝説を自分でいろいろと作っては楽しんでいたのだろう。その中で本人が最も気に入っていたのは、「酒を愛した太宰帥・大伴旅人」にあやかった、とする伝説だったのではないか。「治」は、本名の「修治」の「修」もオサム、「治」もオサムなので、どちらか一つでよいということだったらしい。

【さらば、青春――最初の妻との別れ】

弘前高校の一年生だった一八歳の時から交際の始まった小山初代と、東大生となった二一歳で所帯を持ち、ずっと同棲していた太宰。彼は東大を除籍された二年後、二八歳の時に彼女と別離する。太宰の一〇年間の「青春」は、ずっと初代と共にあった。初代は、青森の芸妓だった。かなりの人気者だったらしい。明治の政治家や文学者には、元芸妓を妻にした人も多い。坪内逍遙《しょうよう》なども、そのような「美談」の持ち主だった。太宰の場合には「腐れ縁」だったのだろうか。新婚所帯は、共産党員のアジトとして乗っ取られていたともいう。混乱と破壊のハチャメチャな青春が、初代との暮らしだった。初代は子どもを産まなかったが、このミジメな青春の日々から『晩年』に収められた秀作短編が生まれ落ちた。だが、二人は坪内逍遙夫婦のように、晩年まで連れ添うことはできなかった。

薬物中毒で苦しんでいた太宰は、井伏鱒二の強い勧めで、治療のために精神病院に一月ほど入院した。二七歳の時だった。主治医・中野嘉一は、歌人でもある。薬物の誘惑を断つためとはいえ、精神病院に長期入院したことは、太宰のプライドをずたずたにした。人並み以上のすぐれた才能をもつ選ばれた人間であるという誇り、そして人並み以上に傷つき苦悩する自虐《じぎゃく》趣味。この二極に引き裂かれていた太宰の心が、この入院でマイナスの方に傾斜した。自分は、人並み以下のつまらない存在だという絶望のアリ地獄に転落したのだ。それが退院直後の『ＨＵＭＡＮ　ＬＯＳＴ』となり、晩年の傑作『人間失格』へとつながってゆく。自分が「異人」であることを自覚したゆえの苦しみである。

泥沼に落ちた男は、どうすれば救われるか。日本文学は、その唯一《ゆいいつ》の答えを昔から用意している。それには、「相互救済」しかないのだ。何をやっても人生の芽が出ない男。また、次々と襲いかかる人生の荒波に窒息しそうな女。この「弱い男と、弱い女」のカップルが、互いに互いを助け合うことで二人とも泥沼から引き上げられる。これが、古典や昔話の教訓である。太宰と初代の二人は、まさにこの「弱い者同士」であり、「ダメな男女」だった。だからこそ、太宰はかけがえのない青春の一〇年間を初代と二人で暮らしたのだ。

それも、限界だった。「相互救済」でなく、互いに互いを苦しめ足を引っ張りあうようになっていたのだろうか。太宰が入院治療中に、初代は「あやまち」を犯していた。それを知ったショックから、太宰は初代と水上温泉で心中を図る。どちらも死ねずに生き残り、彼らは別れた。初代は、昭和一九年に中国の青島《チンタオ》で三二年の生涯を終える。

太宰自身、女性問題で潔白だったわけではない。また、初代も「罪の子」を産んだわけではない。でも、太宰には衝撃だった。当時は、女性にのみ厳しい「姦通《かんつう》罪」があった。今では、「妻の裏切りを知った夫の衝撃」が想像しにくい。志賀直哉『暗夜行路』でも、妻の過失を知らされた主人公・時任《ときとう》謙作は、死ぬほどに苦悩する。そして、救いを求めてさすらう。太宰は初代と別れた後、井伏鱒二夫妻の仲立ちで、石原美知子と結婚する。彼は、ここで文字通り「新生」したのだ。

太宰の青春は、初代との別れで幕を閉じた。その傷《いた》ましい青春のモニュメントが、『晩年』である。そして、二度にわたる芥川賞の落選だった。これからの太宰は、少し「大人」になる。そして、「富士には、月見草がよく似合う」などと、「わけしり顔」をするようになる。だが、初代と別離してから八年後。少し先回りしておくと、太平洋戦争の敗戦による旧秩序の破壊は、太宰に青春期の大混乱を思い出させ、再びハチャメチャな「第二の青春」を再現させた。太田静子・山崎富栄という二人の愛人の出現は、初代の再来なのかもしれない。この収拾のつかない道徳の大混乱を代償として、『斜陽』『人間失格』という太宰文学の二大傑作が生まれた。太宰には、やはり破壊と混乱がよく似合う。彼の素顔は、破壊的人間、すなわち、ザ・デストラクティブ・マンだったのではないか。

【山に登り、山から下りる】

井伏鱒二によって、太宰と美知子との縁談がもちあがったのは、昭和一三年。太宰は、二九歳。昔風の年齢計算では、数えの三〇歳にもなっている。彼に残された命は、たったの一〇年。ここで、太宰は、つかのまの平安に入る。

転機となったのは、富士山を一望する山梨県の御坂《みさか》峠にある天下茶屋での長期滞在。三蔵法師こと井伏鱒二からの誘いだった。井伏は、人生に迷った「元青年」に、この山中で立派な二度目の妻を紹介し、「壮年の人生」をやり直すようにと教えさとした。

このような「山ごもり」が人生のターニング・ポイントとなるのは、『源氏物語』の昔からのお約束。ただし、太宰の人生とは男女が逆になっている。三角関係の泥沼で死ぬ決意までした浮舟《うきふね》（太宰）は、比叡山《ひえいざん》の麓《ふもと》の山里（御坂峠）でしばしの安らぎを得た。でも、彼女の師・横川《よかわ》の僧都《そうず》（井伏）は彼女に薫《かおる》（美知子）という異性ともう一度人生をやり直すようにアドバイスする。ここで、『源氏物語』は終わった。浮舟は、山を下りてくることができるか。恋で泥まみれになった過去をもつ人間が、もう一度男女関係を信じることができるか。大きな宿題が残された。

太宰は、清浄な山奥から、汚濁に満ちた地上へと下りた。そして、師のすすめどおりに結婚して、家庭を持った。井伏には、「どんなことがあっても、今度の結婚だけは最後まで連れ添います」という趣旨の誓約書を提出している（印鑑まで押してある）。美知子夫人は、東京女子高等師範学校（今のお茶の水女子大学）の卒業生。父は、東京帝国大学ＯＢの教育者。兄も、東大卒。ものすごい知的エリートの家庭だった。太宰と美知子夫人は、三人の子宝に恵まれた。

太宰は、九か月ほど妻の実家のある甲府で暮らした。その後、井伏の住む荻窪《おぎくぼ》の近くの三鷹に居を構え、死ぬまでそこを生活の本拠地とした。富士山から掘り出された玉のような美知子夫人は、「平穏な人生」をもたらす宝物だった。自分も他人も堕《お》ちてしまえばいいという破壊願望の強い太宰とは対照的に、太宰を引き上げて健全な暮らしをさせる賢夫人だった。「太宰と初代」は似た者同士ゆえに失敗したが、「太宰と美知子夫人」は、互いに相手に欠けているものを補いあうカップルだった。この家庭に太宰が心の底から安住できたのであれば、彼は死なずに済んだだろう。でも、そうしたら『斜陽』も『人間失格』も書かれなかった。太宰には、彼を「不穏な人生」へと導く魔性の女も必要だったのだ。

さて、山ごもり以後、太宰文学は早すぎる「円熟期」に入る。『富嶽百景』『女生徒』『女の決闘』『駈込《かけこ》み訴え』『走れメロス』『新ハムレット』などの好短編が産み落とされた。でも、過ぎ去った青春期の嵐《あらし》のなごりが、これらの名作には残っている。そして、きたるべき第二の青春の激動の予感も漂っている。まさに、「動を秘めた静」である。

ところで、「乱」という漢字には、「秩序を乱す」という意味と「混乱を収める」という意味とがある。山から下りた太宰は、後者の「乱の時代」に足を踏み入れた。それは、ペンネーム「治」と同じ意味だった。だが、いつ前者の「乱の時代」にUターンするかわからない危うさを秘めた「乱」だった。

【迫り来る戦争の足音】

若い頃は、自分のハチャメチャな人生を素材として、破れかぶれの小説を書いてきた太宰だった。だが、円熟期に入ると、身のまわりには小説のネタが以前ほどは見つからなくなる。そこで、書物の中からおもしろいエピソードを見つけて書き変えるという芥川龍之介の手法を、愛用するようになる。また、友人・知人・赤の他人の手記(日記)や手紙などをネタにして書くようにもなる。

太宰には、強すぎるほどの破壊本能があった。しかし、今は「乱＝治の時代」である。破壊は、セーブしなければならない。最小限度で、古典の名作を作りかえ、他人の人生を脚色することで、この時期を乗り切ろうとした。昨日までの太宰とは別人の太宰に生まれ変わったと、皆に思わせねばならない。それは、ほとんど成功したかに見えた。

ところが、昭和一六年。太平洋戦争が始まった。お目付役の三蔵法師こと井伏鱒二は、「文士徴用」(文学者に戦場のルポルタージュを書かせて国民の戦意高揚を図る計画)で、日本を離れている。「鬼の居ぬ間の洗濯」のことわざどおり、太宰の悪い虫がうごめきだす。三二歳の太宰は、長女が生まれた直後、小説家志望の太田静子の訪問を受けた。この女弟子との「あやまち」の結果、秘密の子どもが生まれるのは戦後のことだが、このあたりから太宰の歯車が「乱＝混乱」へと狂い始める。

妻の美知子は、「賢夫人」。太宰は、彼女の心に惚《ほ》れていた。『源氏物語』で言えば、花散里《はなちるさと》のようなタイプ。決して出しゃばらない。深い教養と嗜《たしな》みがある。家を守る強さもある。だから、一緒にいると心が安まる。こういう妻をもつことが、夫の幸福である。

　だが、『源氏物語』の時代は一夫多妻だったから、光源氏は花散里以外にも、たくさんの妻妾《さいしょう》がいた。一夫一妻の近代社会を生きる太宰は、「花散里＝美知子夫人」以外の女性を愛せば、たちどころに「不倫」「浮気」となって世間から冷たい目で見られることになる。恋多き男には、生きにくい時代になっていた。

　太宰は、昭和一六年、自分自身のボロボロの青春をさらけ出す『東京八景』を発表した。それは、青春の傷口に塩胡椒《こしょう》をすりこむマゾヒスティックな快感の味を、再び思い出させたことだろう。太宰は、少しずつ自分の本性を取り戻す。昭和一七年、母が危篤《きとく》になったので、一〇年ぶりに津軽に帰郷した。勘当が許されたのだ。昭和一九年、『津軽』を書くために取材旅行をした。そして、昭和二〇年、疎開《そかい》のため妻子を連れて津軽の生家にもどった。

　病弱だった太宰は、「文士徴用」にもひっかからずに、戦場に行かずに済んだ。そのため、戦後、「戦争協力者」という批判は受けずに済んだ。実際、戦中も『清貧譚』などの文芸的な名作を続々と生み出した。だが、たった一つだが、日本文学報国会から依頼されて『惜別』という小説を書いた。若き魯迅《ろじん》が日本に留学して、新しい中国を作る理想をつかんで帰国するという話。なめらかな語り口を特徴とし、すらすら読める太宰の作風から考えると、信じられないくらいに読みにくい。退屈である。やはり、無理して書かされたのだろう。一方で、書きたいものを書いた『右大臣実朝《さねとも》』は、緊張感のとぎれない佳作中の佳作。

ともあれ、戦争は、太宰をふるさとへ呼び戻してくれた。なつかしくも忌《い》まわしい津軽へ。国家も、国民も、混乱と破滅の極にある中で、太宰は「乱」の心地よさに酔ったのかもしれない。そして、終戦。史上最大の混乱劇が開幕した。太宰の魂が最も強烈に輝き始めたのは、この時である。時代は、やっと太宰に追いついた。太宰は、本当の自分の破壊本能のままに生きて、社会から誉《ほ》められるという、生まれて初めての体験をした。

津軽の竜宮城の王子様は、結局、平和で平穏な暮らしには不向きだった。暴れ竜となって、戦後の混迷する文壇から離陸し、飛翔《ひしょう》したのである。わずか、三年間。

【青春の混乱期の再現——『斜陽』を書く】

昭和二一年一一月、三七歳の太宰は、津軽から妻子を連れて三鷹の家にもどった。昭和二三年六月の心中まで、あしかけ三年、正味だと一年七か月しか残されていなかった。時代は、太宰を坂口安吾・織田作之助と並ぶ「無頼派」あるいは「破滅派」の「三羽がらす」として一括した。彼らの個性は三者三様だが、勢いと才能のある小説家を、トリオで売り出したのだ。それにしても、「破滅派」というレッテルは、適切である。なぜなら、太宰の素顔は、ザ・デストラクティブ・マンなのだから。彼の生の声は、おそらく「みんな滅んでしまえ。滅びは楽しいぞ。俺も滅びたい」ではなかったか。

仕事量の増えた太宰は、自宅の近くに仕事場を借りて執筆した。その仕事場が、そのまま浮気（密会）の場所となった。昭和二二年、太田静子との関係が深まった。六年ごしの愛である。静子は、自分の母を描いた『斜陽日記』という草稿を太宰に見せる。ここから、太宰の『斜陽』の構想が具体化した。太宰の心の中にある「明るい滅び」への憧れが小説になるには、「主人公」のイメージを明瞭《めいりよう》化する必要があった。静子とその母親によって、『斜陽』の「母と娘」が「キャラ立ち」したのだ。あとは、太宰本人の「破壊と滅亡の思想」を何人かの登場人物に流し込めばよい。

『斜陽』を書き始めたのが、二月。完成したのが、六月。戦時中から、文通で「あなたの赤ちゃんがほしい」と言っていた静子が、満願成就《じようじゆ》して女の子を産んだのが一一月。この女児は、大きくなって小説家・太田治子《はるこ》となった。小説家志望の静子は、自分の遺伝子に太宰のDNAを組み込むことで、新しい時代の文学者を創《つく》ろうとした。まさに、『斜陽』のストーリーと、太宰をめぐる現実が同時進行している。

『斜陽』は雑誌『新潮』に連載された後で単行本となり、ベストセラーとなった。「斜陽族」という流行語も生み出した。太宰が時代の風を先取りし、時代が太宰になびく。遂《つい》に、太宰の時代が来た。

この傑作は、太田静子との愛の形見である。太宰の平穏な家庭から生まれたものではなかった。愛人の太田静子も、どちらかと言えば「顔」よりも「心」のタイプ。ただ、美知子夫人の「花散里タイプ」とは違って、かなり自己主張している。情熱で、ぐいぐい押してくるタイプだ。『源氏物語』で言えば、明石の君をぽっちゃりさせたような感じ。

【山崎富栄と出会う――『人間失格』を書く】

小説家は、一つ傑作を書き上げたら、気力も体力も消耗する。長い充電期間が、必要となる。でも、太宰には時間がなかった。『斜陽』を執筆中に、太宰は山崎富栄と出会った。三鷹の屋台の飲み屋で意気投合したと言われる。富栄は、いわゆる「戦争未亡人」。彼女の父は、わが国の最初の美容学校を創設した美容界のパイオニアだった。富栄は、一流企業の社員と結婚したが、夫はマニラ赴任中に現地召集され、戦死した。

　太宰と富栄の出会いは、まさに運命的。富栄は、太宰の仕事場を自分の部屋に移させ、静子にも会わせずに太宰を独占した。この独占欲の強さが、彼女を「魔性の女」と呼ばせることにもなった。いわゆる「運命の女」である。写真で見ると、とてもキツイ目をしている。この目に、太宰は魅入られた。『源氏物語』で言えば、六条御息《ろくじょうのみやす》所《どころ》タイプ。

　彼女と出会わなかったならば、太宰にはもう少しの「余生」があったかもしれない。だが、太宰は彼女に最後の力をふりしぼらされて、自分が一番書きたかったのに書けなかったテーマを書かされた。いや、自分にしか書けない小説を必死に書いた。『斜陽』は、「女の一人語り」をベースとしていたが、もっと赤裸々に自分自身のみじめさと情けなさを告発し、自分の本当の「素顔」を自分自身で見届けたいと願った時、『人間失格』の構想が現れた。富栄が、全力でそれを応援した。書き終わった時には、灰色に燃え尽きた男のぬけがらがあった。

　怪作『人間失格』が完成したのは、昭和二三年五月。そして、新作の『グッド・バイ』を連載中の六月一三日、二人は仕事部屋から出て、そのまま玉川上水に入水した。

『人間失格』の出版は、情死の後だった。家族たちにあてた太宰の遺書はあったが、『人間失格』が彼の本当の遺書である。

人間には、夢の中で決して見られないものが二つある。一つは太陽、もう一つは自分の顔。それを見てしまった者は、それ以上は生きられないと言う。太宰は、『斜陽』で太陽をありありと見た。そして、『人間失格』で自分の本当の顔をまざまざと見た。

太宰が天才だと思うのは、『人間失格』で燃え尽きたはずなのに、『グッド・バイ』で大胆な新機軸をなおも打ち出している事実。驚くべき才能である。しかし、軽妙な作風への脱皮は、彼の死とともに未完に終わった。処女短編集『晩年』を出版してから一二年目だった。

青年期の太宰は俳句を愛したが、晩年はアララギ派の歌人・伊藤左千夫を好んだ。色紙にも、しばしば左千夫の短歌を揮毫《きごう》している。健康的で生命力にあふれた左千夫の短歌を愛誦《あいしょう》した太宰には、最後の最後まで「生への執着」をかき立てようとした「あがき」が感じられる。そう言えば、自殺直前の芥川龍之介も、アララギ派の歌人・斎藤茂吉の『赤光《しゃっこう》』にすがっていた。

【雨の夜、三鷹に死す】

現在では水がチョロチョロ流れるだけの玉川上水も、昔は危険な川だった。昭和二三年六月一三日の深夜、太宰と富栄の二人の間でどういうドラマが繰り広げられたのか。真相は、すべて「やぶの中」である。富栄が太宰を先に絞め殺して、それから入水したとする「無理心中説」も根強い。

六月一九日、二人の遺体が発見された。太宰の顔には、すべてをあきらめ、すべてを許した人間にのみ漂う安らぎが感じられたという。一方、富栄の顔には、苦悶《くもん》の表情があったらしい。口癖のように「死にたい」と言い続け、自殺未遂を繰り返した太宰は、やっと富栄の力で死んだ。「この人を、確実に死なせてあげねばならない」という強い思いが、彼女に必死の形相を取らせたのか。

引き上げられた太宰の遺体は立派な棺《ひつぎ》に収められ、すぐに遺族に引き取られた。富栄の遺体は、何時間も放置され、父親が必死に守っていたという。死ぬときは一緒だったが、死後は引き離されてしまった。

太宰の墓は、三鷹の禅林寺にある。太宰が尊敬した文豪・森鷗外の墓と向かい合っている。墓石には、そっけなく「太宰治」と記されている。戒名は、文綵院大猷治《ぶんさいいんたいゆうち》通居士《つうこじ》。「文綵」とは、文章が美しかった、という意味。確かに、太宰の文章はビロードのようになめらか。だからこそ、読者の心にスーッと入ってくる。でも、その美しさには猛毒が秘められていた。墓の上には、桜の枝が広がっている。「太宰治」の横に、「津島家之墓」があり、美知子夫人が眠っている。

山崎富栄は、目白の永泉寺に眠っている。太宰は、いくつもの顔をもっていた。それは、何人かの女たち（妻、愛人、娘）に向ける顔の違いだった。女たちによって、太宰のいくつもの顔が作られたと言ってもよい。その最も素顔に近い顔は、誰に向けられていたのだろうか。

【読者の涙を借りて、太宰は今でも泣いている】

太宰の死後に、残された人たちの話をしよう。田中英光という小説家は、太宰の弟子だった。オリンピック選手の純愛を描く『オリンポスの果実』がある。だが、共産党活動、転向、愛人刺傷事件、薬物中毒と、まさに師の太宰と同じような破滅の道を歩んだ。昭和二四年一一月三日、田中は太宰の墓前で自殺した。

富栄と心中する前の年の昭和二二年には、太宰は新たに二人の娘の父親となっていた。一人は、美知子夫人が産んだ次女・里子。もう一人は、愛人の太田静子が産んだ治子。里子は、津島佑子《ゆうこ》のペンネームで小説家となり、太田治子も小説家となった。

里子も治子も、父の記憶がない。だが、感情は遺伝するのだろうか。津島佑子は、父の残した『清貧譚』という小説のタイトルを耳にしただけで、理由もなく泣けたことがあったらしい。それを聞いた美知子夫人は、『清貧譚』を書き上げた日に、太宰が泣きながらこの小説の全文を朗読してくれたことを思い出したという（藤井貞和の詩による）。

太宰の魂は娘に乗り移り、彼女の涙となって、今でも泣いている。そして、彼女の口からもれる笑い声となって、今でも笑っている。肉親だけではない。太宰の魂は、読者一人一人の心の中にも宿る。宿主に合わせて、微妙に違う顔つきを見せながら。そして、読者と一緒になって、笑ったり泣いたりしている。太宰は、ぼくらの心の中で生きている。だからこそ、親近感と確信をもって言える。「太宰は、ぼくだ。いや、ぼくが太宰だ！」

旅コラム④

小説『津軽』の旅【小泊から金木へ】

小泊《こどまり》村は、太宰の子守だった越野タケが結婚して住んでいた漁村だ。満二歳から六歳まで、母親のように身の回りの世話をしてもらったタケに、太宰は三〇年ぶりに会いにいく。『津軽』の最後に登場するクライマックスだ。

その小泊と竜飛《たつぴ》を結ぶ鉄道やバスはない。竜泊《りゅうはく》ラインと命名された国道三三九号を、レンタカーや乗合観光タクシー（要予約／四～一〇月まで運行）で行き来する。竜泊ラインは冬の五カ月間、雪で閉鎖されてしまうのだ。

ともあれ、小泊に到着した。さっそく**小説『津軽』の像記念館**を訪ねる。再会公園と名づけられた敷地内の庭に、あの有名な像を見つけた。タケは正座をして前方の運動場を見つめ、太宰はゲートルを巻いた片足を投げ出し、斜め下を向いている。

小説『津軽』の像記念館。左手にタケと修チャの像が見える。

記念館は爽《さわ》やかな香りに満ちている。〝青い森の国〟特産の総ヒバ造りなのだ。ヒバは木材になるまで一〇〇年かかるが、その香りも一〇〇年もつといわれている。

展示内容は盛り沢山で、タケの姿をとらえたビデオやインタビューテープなど見聞きしているとあっという間に時間が過ぎてしま

じっと前方を見つめるタケと、下ばかり見ている修チャ。でも心は通い合う。

う。タケの話は津軽弁なので理解しにくい。それでも、太宰のことを「修チャ、修チャ」と呼んでいるのはわかる。その声はあたたかい。

太宰の合成音声を聞くこともできる。頭のてっぺんから出るような、わりと高い声で、ちょっと早口。でも噛《か》んで含めるような話し方。ああ、生前の彼に会いたかった。

『津軽』のラスト近くでタケが太宰に訊《き》く。

「竜神様の桜でも見に行くか。どう?」

太宰が応《こた》える。

「ああ、行こう」

そうしてふたりは歩きだし、思い出話を始める。あのときも太宰はあの合成音のような声で話していたのだろうか。

おもしろいエピソードが『小泊村史』下巻に載っている。太宰がタケを訪ねてきたとき、村の老婆《ろうば》が、ゲートルを巻いた異様な風体《ふうてい》の男をいぶかりながら、「あの人、スッペ(スパイ)でネガ?」とタケにささやいたというのだ。

竜神様に向かう途中、タケは果たして訊いただろうか。「修チャ、おめ、スッペでネベノ(ないよね)?」

竜神様は新しくなってしまったが、右に見える沼はふたりを覚えているはず。

小泊から**斜陽館**《しゃようかん》のある金木《かなぎ》町へはバスで移動した。

約八〇分で斜陽館

金木町太宰治記念館「斜陽館」。観光バスが太宰ファンを運んでくる。

前に到着。

　それにしても太宰の生家はなんて豪華だろう。異様なほどだ。明治四〇年建築の入母屋《いりもや》造り。中心材はヒバで、他家との差別化のために、目に見えるところにはケヤキを使用。宅地約六八〇坪、建坪三九四坪、部屋は一九室ある。

　津島家がこの豪邸を手放したのは昭和二三年六月。太宰の遺体発見後一週間のことだった。昭和二五年から旅館「斜陽館」として開業し、その後所有者が替わったが、あいかわらず全国からファンが訪れていた。その間、土間が喫茶室になったり、吹き抜けをふさいで部屋増しが行われたりしたが、オイルショック以後は客足が遠のき、経営難に陥った。それを、金木町が三億四〇〇〇万円で買取り、平成一〇年に復元修復工事が完成。太宰治記念館としてオープンした。県及び国の文化財にも指定されている。

「こうして保存されるようになって、良かったですよ」

　というのは、金木川のほとりで「金木温泉旅館」を営む花田智《とも》さんだ。大正一五年生れの智

母タネの居室だった部屋。右から三番目の襖の漢詩に「砧聲断續響斜陽」とある。

さんは、津島家と同じ金木の大地主だった角《かく》田《た》家の子孫で、羽振りの良かった頃の津島家を娘時代に見ている。上流階級同士のつきあいで、珍しいものが手に入ると互いに贈答しあう習慣があり、智さんは津島家によく届け物に行かされたのだという。

　斜陽館と道を隔てた向かい側には、**金木町観光物産館「マディニー」**。同じ敷地内に**津軽三味線会館**もあり、生演奏が聴ける。金木は津軽三味線発祥の地でもあるのだ。

観光物産館の太宰らうめん。

「撰《えら》ばれてあることの
　恍惚《こうこつ》と不安と
二つわれにあり」

　太宰が愛したこのヴェルレーヌの詩句を刻んだ文学碑は、**芦野《あしの》公園**にある。金木駅から津軽鉄道・**走れメロス号**で一駅。公園のなかを可愛《かわい》いオレンジ色の電車がトコトコと走っていく。

芦野公園の中をトコトコやってきた走れメロス号。

　さて、青森から津軽半島をぐるりと金木まで旅してわかったのは、津軽では太宰がますます重要な観光資源になっているということだ。彼は〝撰ばれて〟津軽にある。彼は〝人を喜ばせて〟いる。でも、それで自分の作品がいつまでも読み継がれていくことになるのなら、彼はもう不安になることはない。みんな、小説『津軽』を持って、愛すべき修チャを体感しに津軽に行こう。

主要著作と関連文献リスト

※現在、入手可能なものから選んで掲載しました。

●主要著作

太宰治全集　全十巻　ちくま文庫　一九八九年

＊

太宰治　滑稽小説集　大人の本棚シリーズ　木田元編　みすず書房　二〇〇三年

作家の随想10　鳥居邦朗編　日本図書センター　一九九六年

太宰治文学館（全五巻）　日本図書センター　二〇〇二年

愛と苦悩の手紙　亀井勝一郎編　角川文庫クラシックス　一九九八年

走れメロス　戸田幸四郎名作絵本シリーズ　戸田デザイン研究室　一九八四年

＊

走れメロス　新潮ＣＤ　一九九七年

富嶽百景・満願　新潮ＣＤ　二〇〇〇年

人間失格（上・下）　新潮ＣＤ　二〇〇〇年

※太宰作品は新潮文庫のほか、岩波、角川、講談社、小学館などの各文庫でも読めます。

●関連文献

太宰治　変身譚　出口裕弘　飛鳥新社　二〇〇四年

津軽・斜陽の家――太宰治を生んだ「地主貴族」の光芒　鎌田慧　講談社文庫　二〇〇三年

桜桃とキリスト――もう一つの太宰治伝　長部日出雄　文藝春秋　二〇〇二年

太宰治に聞く　井上ひさし・こまつ座編　文春文庫　二〇〇二年
小説　太宰治　檀一雄　岩波現代文庫　二〇〇〇年
ピカレスク――太宰治伝　猪瀬直樹　小学館　二〇〇〇年
辻音楽師の唄――もう一つの太宰治伝　長部日出雄　文春文庫　二〇〇三年
太宰治　弱さを演じるということ　安藤宏　ちくま新書　二〇〇二年
みんなみんなやさしかったよ――太宰治と歩く「津軽」の旅　飯塚恒雄　愛育社　二〇〇一年
図説　太宰治　日本近代文学館編　ちくま学芸文庫　二〇〇〇年
太宰治　細谷博　岩波新書　一九九八年
太宰治・坂口安吾の世界――反逆のエチカ　齋藤慎爾編　柏書房　一九九八年
太宰治事典　東郷克美　学燈社　一九九五年
師太宰治　田中英光　津軽書房　一九九四年
太宰治というフィクション――さまよえる〈非在〉　吉田和明　パロル舎　一九九三年
太宰治の青春像――太宰文学の両極性　久保喬　朝日書林　一九九三年
若き日の太宰治　相馬正一　津軽書房　一九九一年
太宰治　新文芸読本　河出書房新社編集部編　河出書房新社　一九九〇年
太宰治と私　激浪の青春　石上玄一郎　集英社　一九八六年
太宰治　新潮日本文学アルバム19　相馬正一・編集評伝、水上勉・エッセイ　新潮社　一九八三年
芥川龍之介と太宰治　福田恆存　レグルス文庫82　第三文明社　一九七七年

＊

大人の旅物語・津軽の旅［ＤＶＤ・ビデオ］――津軽三味線と太宰治　小学館　二〇〇二年

年譜

明治四十二年（一九〇九）六月十九日、青森県北津軽郡金木村大字金木字朝日山四一四に、父津島源右衛門・母たねの六男として生れる。十一人兄弟の十番目で本名は津島修治。津島家は県内有数の素封家。

明治四十五年（一九一二）三歳　県会議員の父が衆議院議員に当選。津島家は最盛期を迎える。

大正五年（一九一六）七歳　金木第一尋常小学校に入学。成績は優秀で作文も得意だった。

大正十一年（一九二二）十三歳　小学校を卒業、学力補充のため、組合立明治高等小学校に一年間通う。

大正十二年（一九二三）十四歳　父が五十二歳で病没。県立青森中学校に入学。市内の親戚宅から通学。

昭和二年（一九二七）十八歳　中学四年を修了し官立弘前高校文科甲類に入学。弘前市の親戚・藤田豊三郎方に下宿。九月、芸妓小山初代と知り合う。

昭和三年（一九二八）十九歳　五月、同人誌「細胞文芸」を創刊。生家を告発する内容の小説を書く。

昭和四年（一九二九）二十歳　一月に弟礼治が急死。共産主義の影響を受けるも、自身の出身階級に悩み、十二月にカルモチン自殺未遂を起こす。

昭和五年（一九三〇）二十一歳　四月、東京帝国大学仏文科に入学。共産党のシンパ活動に参加。一方で井伏鱒二に師事する。十月、小山初代が家出上京したが、長兄文治が二人の結婚を認め、初代を帰郷させる。十一月、カフェの女給田部シメ子と七里ガ浜でカルモチン自殺を図り、シメ子は死亡。

昭和六年（一九三一）二十二歳　二月、初代と品川区内で同棲。シンパ活動を続けて大学に行かず。

昭和七年（一九三二）二十三歳　シンパ活動で転居を繰り返す。七月、青森署に自首して活動から離脱。

昭和八年（一九三三）二十四歳　二月、初めて太宰治の筆名で「列車」を発表。大学を留年し長兄に仕送りの延長を頼む。「魚服記」「思い出」を発表。

昭和九年（一九三四）二十五歳　同人誌「鷭」に「葉」「猿面冠者」を発表。三島に滞在し「ロマネスク」を執筆する。同人誌「青い花」を創刊。

昭和十年（一九三五）二十六歳　大学をあきらめ、都新聞の入社試験を受けるも失敗。鎌倉で縊死を図る。四月に盲腸炎の手術を受け、鎮痛のパビナールが習慣化。「文藝」に発表した「逆行」が第一回芥川賞候補となるも次席に。大学はついに除籍処分。
昭和十一年（一九三六）二十七歳　パビナール中毒治療のため済生会芝病院に入院するが、全治せぬまま退院。六月に初の創作集『晩年』を刊行。八月、第三回芥川賞落選。十月、井伏鱒二らの勧めで武蔵野病院に入院。その間、初代が姦通事件を起こす。
昭和十二年（一九三七）二十八歳　三月、初代と水上温泉でカルモチン心中を図るが未遂に。六月、初代と離別。東京・天沼に単身転居。
昭和十三年（一九三八）二十九歳　七月、井伏から縁談が持ち込まれ、執筆の停滞を脱す。九月、山梨の天下茶屋に行き「火の鳥」を執筆（未完）。甲府の石原美知子と見合いをし、十一月に婚約。
昭和十四年（一九三九）三十歳　一月、井伏夫妻の媒酌で結婚式を挙げる。甲府市に新居を定める。九月、東京・三鷹に転居し、死ぬまでここに住む。
昭和十五年（一九四〇）三十一歳　旅行や会合、講演によく出掛ける。五月「走れメロス」を発表。執筆も順調で「女生徒」が北村透谷賞副賞を受賞。
昭和十六年（一九四一）三十二歳　六月、長女園子誕生。八月、母を見舞うため十年ぶりに帰郷。九月、太田静子が友人らと太宰家を訪問。
昭和十七年（一九四二）三十三歳　検閲が厳しくなり、執筆に苦慮する。十二月、母たねが死去。
昭和十八年（一九四三）三十四歳　歴史資料を使った作品が多くなる。三月「右大臣実朝」を発表。
昭和十九年（一九四四）三十五歳　取材で津軽地方を旅行し「津軽」を執筆。八月に長男正樹が誕生。
昭和二十年（一九四五）三十六歳　妻子を甲府に疎開させるが、七月に石原家が全焼。津軽に疎開する。
昭和二十一年（一九四六）三十七歳　十一月、家族と共に三鷹へ帰る。「斜陽」の構想を練る。
昭和二十二年（一九四七）三十八歳　二月、神奈川・下曽我の雄山荘に太田静子を訪ねる。この頃から「斜陽」の執筆にかかる。三月に三鷹駅前の屋台で山崎富栄と知り合う。次女里子誕生。六月「斜陽」が完成。十一月、太田静子との間に治子誕生。
昭和二十三年（一九四八）三十九歳　たびたびの喀血。三月から「人間失格」を執筆し五月に完成。六月十三日夜半、山崎富栄と玉川上水で入水自殺。十九日遺体が発見され、三鷹の禅林寺に埋葬される。

文豪《ぶんごう》ナビ 太《だ》宰《ざい》治《おさむ》

新潮文庫　た－2－0

平成十六年十二月　一　日　発　行
令和　六　年十一月二十日　十五刷

編　者　新《しん》潮《ちょう》文《ぶん》庫《こ》

発行者　佐藤隆信

発行所　株式会社　新潮社

郵便番号　一六二―八七一一
東京都新宿区矢来町七一
電話　編集部(〇三)三二六六―五四四〇
　　　読者係(〇三)三二六六―五一一一
https://www.shinchosha.co.jp

価格はカバーに表示してあります。

乱丁・落丁本は、ご面倒ですが小社読者係宛ご送付ください。送料小社負担にてお取替えいたします。

ＤＴＰ組版製版・株式会社ゾーン
印刷・株式会社光邦　製本・株式会社大進堂

ISBN978-4-10-100600-0 C0195